Yoko Tawada, Tintenfisch auf Reisen

Yoko Tawada

Tintenfisch auf Reisen

3 Geschichten

Aus dem Japanischen
von Peter Pörtner

konkursbuch Verlag Claudia Gehrke

Inhalt

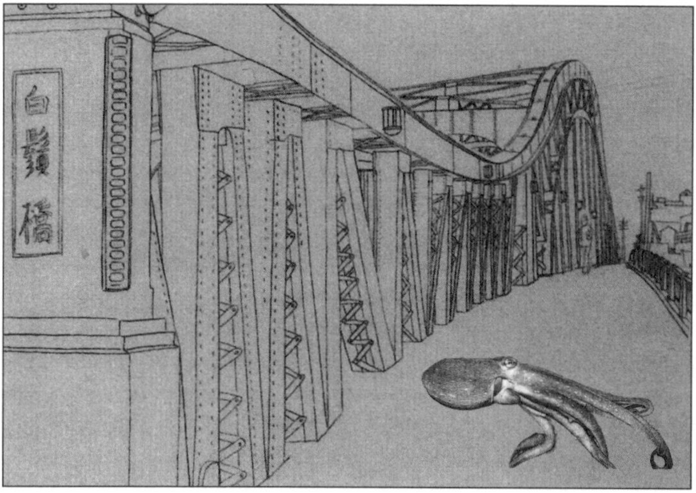

Die Nacht von Kioto rutschte über die Birnenhaut

Fast alle Früchte eitern und färben sich
das Wort unreif *ist nur ein Vorurteil der Händler*
es gibt auch harte Früchte die leugnen die Sonne
und leuchten in der Nacht wie Totenseelen
das Gelände von dem ich mich schon oft befreit
da taucht es wieder auf

Fortsetzung S. 75

Fersenlos

Der Nachtzug hielt um 9 Uhr 17 am Hauptbahnhof, vielleicht stand der Wagen schief, vielleicht war der Bahnsteig abschüssig, ich stolperte beim Aussteigen, stürzte und fiel dabei auf meine Reisetasche, die vor mir aus dem Wagen geschleudert worden war. Hinter mir hörte ich die Stimme eines Mannes, aber ich konnte nicht verstehen, ob er etwas sagte wie, ich habe Sie nicht gestoßen, oder ob er etwas sagte wie, ich war es nicht, der Sie gestoßen hat. Es kümmerte mich auch mehr, daß es in der Tasche, die jetzt unter meinem Bauch lag, geknackt hatte, als wären Eier zerbrochen, als ich sie öffnete, waren die drei gekochten Eier alle unbeschädigt, weil sich außerdem nur Kleider, drei dicke Notizbücher und ein Füller in der Tasche befanden, blieb es rätselhaft, was dieses Geräusch verursacht hatte und was da bloß zerbrochen war. Ich wurde wie ein Postsack auf den Bahnsteig geworfen, ich stand auf, klopfte den Staub von meiner Kleidung und ordnete mir das Haar, aber es gelang mir nicht, auch das Gefühl, zu einer Postsache geworden zu sein, loszuwerden.

Von einer Reklamewand, so riesig, wie ich noch nie eine gesehen hatte, schälte ein großer Mann in einer groben Leinenhose mit dünnen Fingerspitzen, die nicht zu seinem Körper paßten, ein altes Plakat ab. Das Bild einer Frau in einem blauen, enganliegenden Kleid, als der große Mann ihren Bauch abschälte, erschien, darunter ein Photo mit Frühstückseiern und einer Teekanne, daneben konnte man das Bild eines Wals sehen, das einer noch tieferen Schicht angehörte. Nachdem der Mann die Stellen, die leicht abzuschälen waren, abgeschält hatte, zog er aus seiner Tasche ein sauber gefaltetes Plakat heraus und verteilte mit einem Pinsel Leim aus seinem Eimer über die linke untere Ecke der Reklamewand und breitete das Papier darüber, dann trug er Leim auf die Fläche daneben auf, faltete ein anderes Papier auseinander und breitete es darüber, so faltete er ein Plakat nach dem anderen auseinander und klebte es auf die Wand. Seit meiner Kindheit geht es mir so, daß sich mein Blick, wenn ich einem Mann bei einer geschickten Arbeit zusehe, an seinen Fingerspitzen festsaugt, ich habe dann das Gefühl, als würde mein Körper von der Bewegung seiner Hände gleichsam verschluckt. Da sagte die Stimme eines Mannes, der hinter mir vorbeiging, in einem bösartigen Ton, auch wenn Sie das zu vertuschen versuchen, kriegen es alle heraus, und zwar im Nu, ich erschrak, als hätte er mich gemeint, ich schaute mich um, aber die Leute gingen einfach nur an mir vorbei, und ich wußte nicht, wer eben gesprochen hatte. Die Decke des Bahnhofs war so hoch wie die einer Kirche, alle Stimmen flogen sofort nach oben und wurden von der Decke wieder zurückgeworfen, über meinem Kopf vermischten sie sich dann zu einem wirbelnden Flügelrauschen. Die Decke schien schräg zu sein, aber auch der

Boden kam mir schräg vor, als ich wieder nach unten schaute, die Leute bewegten sich alle wie stolpernd vorwärts, und keiner schaute auf die Erde, alle hatten den Blick in die Ferne gerichtet. Ich schaute wieder nach oben, der Bahnhof war ein Dom aus gewaltigen Rippen, das Körperinnere eines Wals, ziemlich weit in der Höhe tanzte etwas Flimmerndes, ein Schmetterling, ein kleiner Vogel, vom Staub gespiegeltes elektrisches Licht, was weiß ich, weil es mir immer schwindlig wird, wenn ich nach oben schaue, ließ ich es sein und wollte nun, den Blick unbeirrt nach unten gerichtet, weitergehen, da wurde es mir aber auch schwindlig, denn der Boden war wirklich schräg, ich hielt mich schließlich an meiner Tasche fest und rührte mich nicht mehr vom Fleck.

Die Notizbücher in meiner Tasche fühlten sich eckig und schrecklich groß an. Von meiner kindlichen Phantasie weggetragen, schrieb ich früher in genau solche Notizbücher Geschichten von Weltreisen, aber heute bleiben meine Notizbücher leer, weil ich mich selbst in einem fernen Land befinde, ich bin zur Adoptivtochter meiner eigenen Geschichten geworden.

Weil es in dieser Stadt niemanden gab, der irgend etwas über mein bisheriges Leben gewußt hätte, war ich vorübergehend wie tot, man würde mich aufnehmen wie jemanden, der noch die stolze Miene eines Toten hat, wie einen bescheidenen Egozentriker oder wie ein neugeborenes Baby. Durchaus so wie eine frischgepflückte Frucht, die zwar noch Frische ausstrahlt, aber doch schon, weil sie ja schon abgepflückt wurde, eine tote Frucht ist, eine Art frischer Kadaver. Ein Gepäckträger trug zwei Koffer und bewegte sich mit maschinenartigen Schritten an mir vorbei, die Anzeigentafeln blinzelten und boten die Namen anderer Orte dar, ich ging eilig weg, als würde ich dabei die Namen der anderen Orte nicht lesen, verließ den Bahnhof und betrat die Stadt.

Ich bog in eine Seitenstraße der Bahnhofsstraße, wo es keine Menschen- und Autorudel mehr gab, nur ein paar Kinder mit Falten zwischen den Brauen, die auf dem Asphalt saßen und mit Kreide Kreise malten und lächelten, als sie mich sahen. Eine Reihe von Mündern, in denen hier und da Zähne fehlten, ein Geruch, in dem sich Schweiß und süßer Fruchtsaft mischten, ich blieb stehen und schaute sie mir eine Weile lang an, bis plötzlich ein Mädchen, das hinter mir hockte, nach meinen Fersen griff. Als wollte ich eine Wunde verbergen, zog ich meinen Fuß weg und starrte das Mädchen an, sie verzog ihr Gesicht zu einer besonders häßlichen Grimasse, und die anderen Kinder lachten laut auf. Ich wollte weg von hier, als ich mich nach ein paar Schritten umdrehte, saß da ein Junge, der mit einem verschlagenen Blick meine Fersen betrachtete. Ich rief, was wollt ihr, und bereute sofort meinen Ton, der wie der eines Reisenden war, der sich eines lästigen Souvenirhändlers zu erwehren versucht, aber die Kinder hatten mich offensichtlich nicht verstanden, und statt zu antworten, sangen sie ein Lied. Du Tintenfisch auf Reisen Zeig deine Fersen her Denn in ein Bett zu steigen Ist ohne Fersen schwer. So hörte es sich wenigstens an, ich konnte es, um ehrlich zu sein, nicht richtig verstehen. Mir fiel ein, daß eben im Bahnhof jemand gesagt hatte, auch wenn Sie das zu vertuschen versuchen, kriegen es alle heraus, und zwar im Nu, ich hatte Angst und drückte die Tasche wieder an meine Brust, ich hatte doch gar nichts zu verbergen, aber vielleicht haftete mir ein Makel an, und alle lachten mich aus, weil ich davon nichts wußte, warum gab es übrigens im Bahnhof keine Paßkontrolle und keinen Zoll, ob sich dahinter vielleicht eine böse Absicht verbarg. Wenn ich danach gefragt worden wäre, hätte ich mit Vergnügen geantwortet, ich gehe zum Haus Nummer 17 in der Hauptpoststraße, aber da ich nicht gefragt wurde, hatte ich keine Gelegenheit zu antworten, und so erfuhr keiner in der Stadt von meinen Plänen, und ob diese Pläne nur in meiner Vorstellung existierten oder ob es sich um solide Verabredungen handelte, das war mir jetzt selbst nicht mehr klar. Ohne die Dokumente in meiner Jackentasche hätte ich sicher Herzklopfen bekommen.

In der Stadt war kaum jemand auf der Straße, den ich nach dem Weg hätte fragen können, ich mußte zuerst auf dem Plan, dann in der Welt vor meinen Augen suchen. Ich finde es äußerst unbequem, alles auf diese Weise zweimal, zunächst auf dem Papier, dann im Raum suchen zu müssen, aber wenn das nun einmal der Stil dieser Stadt ist, kann ich daran nichts ändern, ich muß also, weil keiner auf der Straße ist, eine Methode wählen, die es mir erlaubt, allein zu suchen. Szenen ohne Straßen, aber mit zahllosen Menschen, hatte ich schon oft gesehen, aber Straßen ohne Menschen sah ich hier zum erstenmal. Die Hauptpoststraße hatte ich sofort gefunden, vor dem Haus Nummer 17 stand niemand, die Vorhänge waren geschlossen, das steinerne Tor hatte die Form einer Rakete, ich klingelte, aber es rührte sich nichts. Ich entschloß mich, zum Bahnhof zurückzugehen, nicht, weil ich es aufgegeben hatte, hier wohnen zu wollen, sondern weil ich später noch einmal herkommen wollte. Ich bin nicht daran gewöhnt, auf Dinge zu verzichten, ich habe mich noch nie angestrengt, um in ein Haus hineinzukommen oder um irgend jemanden zu treffen, wenn es mir auffällt, bin ich immer schon drinnen, oder die Person, die ich treffen will, steht immer schon neben mir, daher habe ich nicht gelernt, enttäuscht oder verzweifelt zu sein. Weil ich mich immer auf andere verlasse, habe ich außerdem auch nicht die Gewohnheit, Geld bei mir zu tragen, mein Hungergefühl hatte mich wieder vor den Bahnhof geführt, da ich kein Geld bei mir hatte, wollte ich wenigstens eine Kostprobe nehmen können, aber die Sitte, Kostproben zu reichen, schien es hier überhaupt nicht zu geben, in den Schaukästen der Restaurants hingen mit Reißzwecken befestigte Speisekarten, die Türen waren aber alle verschlossen, und nirgendwo roch es nach Küche. Auf den Speisekarten, das zeigte ein genauerer Blick, standen auch Zahlen, die Uhrzeiten anzugeben schienen. Vielleicht waren die Restaurants in dieser Stadt nur zu einer bestimmten, dem Essen vorbehaltenen Zeit geöffnet. Vorne an einer Ecke lauerte eine dicke weiße Katze, als ich näherkam, beobachtete sie mich eine Weile, drehte sich dann aber um und lief in eine Gasse, wo sie trotz ihres Umfangs mit leichten, federnden Schritten zwischen den Mülltonnen hindurchschlüpfte, warum bin ich ihr nachgegangen? weil Katzen Tiere sind, die einem Ziel in ihrem Kopf nachlaufen? weil es Tiere sind, die nach Lust und Laune herumlaufen und zufällig auf ihre Beute stoßen? aber selbst wenn sie Ziele im Kopf haben, weiß man nicht, ob es Worte, Bilder oder Gerüche sind, dennoch bin ich ihr ganz unbekümmert nachgegangen, vielleicht weil mir mein eigenes Ziel nicht klar war, vielleicht weil mich ihr selbstbewußter Gang überzeugt hatte.

Eine schöne Frau mit einem dicken Hals sagte, mein Hauslehrer hatte mich verführt. Ich war schwanger. Ich bin hierhergekommen, um das Kind abtreiben zu lassen. Seither wohne ich in dieser Stadt. Die andere Frau antwortete, seit gestern liegt mein Kind mit Mumps im Bett. Wenigstens hatte ich sie so verstanden. Ihre Gesichter ähnelten sich zwar nicht, aber weil ihre Kleider dasselbe Muster hatten, kamen sie vielleicht aus demselben Land. Beide warteten vor einer Imbißbude, wo ihnen irgend etwas gebraten wurde, als sie bemerkten, daß ich schräg hinter ihnen stand, brachen sie ihr Gespräch ab und schauten mich neugierig an, versuchten aber nicht, meine Fersen zu betrachten. Möglicherweise war der Besitzer der Imbißbude, der hin und wieder einen scharfen Blick nach draußen warf, ein Bekannter der beiden Frauen, denn er hatte sich unbekümmert in ihr Gespräch eingemischt, seine Bewegungen waren so schnell, daß ich sein Gesicht nicht genau erkennen konnte, ich hatte aber immer das Gefühl, selbst beobachtet zu werden, als ich, vom Geruch angelockt, ein paar Schritte näher herangegangen war, fiel mir ein, daß ich ja kein Geld bei mir hatte, und ich wollte weggehen, aber da winkte der Mann mich zu sich, und auch die beiden Frauen gaben mir deutliche Zeichen, daß sie mit mir essen wollten. Anscheinend dachten sie, ich könnte ihre Sprache nicht verstehen, aber sie waren es, die nicht verstanden, denn als ich sagte, ich habe kein Geld, reagierten sie nicht darauf und wiederholten immer nur dieselben Gesten. Ich ging also wieder zur Imbißbude, in der dicken schwarzen Soße, die der Mann mir gegeben hatte, entdeckte ich etwas Weißes, und die Frauen forderten mich mit ihren Gesten auf zu essen; so gedrängt, begann ich die Soße zu schlürfen, die anfangs wie Tusche schmeckte, dann ein wenig saurer wurde, warm durch den Schlund hinabfloß und sich im Magen verbreitete. Plötzlich konnte ich sehen, daß die Imbißbude grün angestrichen war und der Himmel eine gelbliche Farbe hatte. Man sagt, Hunger schwächt die Augen und stärkt die Ohren, als ich wieder satt war, schienen mir umgekehrt die Stimmen der Frauen, die wieder zu schwatzen angefangen hatten, so fern, daß ich sie kaum mehr hören konnte, die Narben der Mückenstiche und die Hauterhebungen auf ihren Gesichtern aber riesig groß. Zum Dank wollte ich dem Mann in der Imbißbude bei seiner Arbeit helfen. Zuerst wollte er ablehnen, akzeptierte aber schließlich und sagte mir, ich solle den Tintenfischen die Ohren ausreißen. Das hört sich einfach an, ist aber eine schwere Arbeit. Wenn man die Ohren nur an der Spitze packt und herauszieht, hat man nur die Haut in der Hand, die Knochen bleiben aber stecken; wenn man sie an der Wurzel packt, ist es fast unmöglich, sie herauszuziehen; und wenn man zu lange zerrt, wird das Fleisch warm und halb durchsichtig. Man muß sie in einem kräftigen Zug herausreißen, daß es sich anhört, wie wenn man Seide zerreißt, ich wollte mich dann übergeben, weil es in meinen Ohren so klang, als würden die Tintenfische um Hilfe rufen. Ich dachte, es wäre doch einfacher, wenn er eine ohrenlose Sorte Tintenfisch einkaufen würde, aber vielleicht stammte der Mann nicht aus dieser Stadt und bekommt nur unnütze Tintenfische in die Hand? oder er ist ungebildet und glaubt es, wenn man ihm sagt, daß Tintenfische Ohren haben, und kauft solche Tintenfische, die es gar nicht geben sollte? Wäre der Mann ein Zoologe gewesen, hätte er über diese neue Sorte von Tintenfischen mit Ohren Bericht erstatten und ihnen seinen latinisierten Namen geben können, wie dem auch sei, daß nur Menschen, die in kein Forschungslabor hineingelassen werden, mit den Tieren, die daran gehindert wurden, in ein Bilderlexikon aufgenommen zu werden, zusammenleben müssen, scheint in allen Ländern dasselbe zu sein. Ich schaute auf die Fersen des Mannes, wandte die Augen schnell wieder ab und packte mit aller Kraft den nächsten Tintenfisch, es gelang mir aber nicht, seine Ohren herauszuziehen. Diese weichen Tiere, die auf der Suche nach Beute ihre Beine vor sich her treiben lassen und auf der Flucht mit dem Kopf vorne schwimmen können, treten mit ihren zehn fersenlosen Beinen frei nach oben, nach unten, nach links und nach rechts das Wasser. Wenn ich wirklich keine Fersen habe, sollte ich auch rückwärts gehen können, um ehrlich zu sein, ich glaube, das wäre besser, aber umgekehrt würde man dann auch von mir glauben, daß ich keine Fersen habe. Der Mann sagte, Sie haben jetzt genug Ohren entfernt und können nach Hause gehen, ich drückte die Tasche an meine Brust und ging zurück zum Haus Nummer 17 in der Hauptpoststraße. Auch als ich diesmal am steinernen Tor klingelte, rührte sich nichts. Nachdem ich dreimal geklingelt hatte, wartete ich. Ich bemerkte, daß jemand den Vorhang am äußersten linken Fenster einen Spalt weit öffnete und herausschaute. Ich winkte heftig mit den Armen, um dem Mann, den ich zum ersten Mal treffen sollte, klarzumachen, daß ich es sei, aber der Vorhang schloß sich wieder, und auch die Tür wurde nicht geöffnet, ich holte die Dokumente aus der Tasche und winkte damit, vielleicht konnte er es ja sehen. Aber weil sich nichts rührte, blieb mir nur übrig, das Tor zu öffnen, durch den Vorgarten zu gehen und mich auf die Steintreppe vor der Haustür zu setzen. Die Pflanzen aus der Familie der Rosen zitterten heftig, und der Himmel dahinter begann ein wenig dunkel zu werden, aber sehr lange brach die Nacht nicht an, nur die Dämmerung kam widerlich langsam über die Stadt, über diesen Gedanken bin ich schließlich wohl eingeschlafen, als ich wieder aufwachte, war es um mich stockfinster, und zu meinem Schrecken stand die Haustür ein wenig offen. Niemand war da. Ich schaute hinein. Das Innere war matt erleuchtet. Auf beiden Seiten des glänzend polierten Holzbodens gab es mehrere Türen, die alle leicht geöffnet waren. Ich ging durch die Tür, die nach außen führte, hinein und ließ sie offenstehen. Ich blieb stehen, weil der Boden des Flurs knarrte. Früher hatte ich beim Gehen niemals Geräusche gemacht, aber hier konnte ich keinen noch so vorsichtigen Schritt tun, ohne daß der Boden knarrte, was mich an die Hilfeschreie der Tintenfische erinnerte, aber seltsamerweise verschwand meine Angst, als ich mich an die Arbeit des Mannes in der Imbißbude erinnerte, und ich öffnete eine Tür nach der anderen, um hineinzuschauen. Zimmer, in denen merkwürdige Möbel standen, die ich nur in Filmen gesehen hatte, wenn ich am Schalter drehte, strahlte über mir ein großer Kronleuchter auf, aber so hell es jetzt auch war, kein Lebewesen, nicht einmal eine Maus, zeigte sich, ganz hinten, neben einer Treppe, die in den ersten Stock führte, gab es eine mit Fliesen ausgelegte Küche, und ich entschied mich, noch etwas zu essen, bevor ich die Treppe hinaufstieg. Natürlich ist es in keinem Land üblich, wenn man zum ersten Mal in ein Haus kommt, so einfach den Kühlschrank aufzumachen, aber ich hatte auf dem Papier eine gesetzlich erlaubte, den Regeln entsprechende Ehe geschlossen, ich kannte zwar das Gesicht meines Mannes noch nicht, aber er besaß zehn Fotos von mir, darunter sogar eines, das mich im Badeanzug zeigte, also waren wir uns beide eigentlich schon vertraut, ich, seine angetraute Frau, hatte das Recht, alles, was in der Küche war, aufzuessen, und müßte mich eher davor hüten, hierherzukommen, ohne etwas essen zu wollen. Warum zeigt er sich nicht, obwohl wir verheiratet sind, warum versteckt er sich, es gibt doch keinen Grund, sich vor mir zu fürchten, vielleicht ist es ein Spiel, das ihm Spaß macht, wer weiß, vielleicht will er mich erschrecken, ich schob diese Probleme erst einmal beiseite, öffnete den Kühlschrank, der lauter Milchprodukte enthielt, die ich noch nie gesehen hatte, eine dicke, saure Milch, einen Joghurt, der nicht süß war, weißen Käse, Käse mit blauem Schimmel, Käse in der Form von Reiskörnern, als ich zu essen anfing, war ich davon wie besessen, und mein Mann wurde mir gleichgültig. Mein Mann ist ja nur ein Teil der Ehe, wenn ich wirklich in diesem Haus wohnen, jeden Tag Milchprodukte essen und, wie es in den Papieren stand, auf eine Schule gehen kann, die mir gefällt, dann mag er sein, wie er will, dachte ich, schob mir den letzten Käse in den Mund, stand auf und wollte weggehen, da leuchteten durch den Spalt der Küchentür zwei Augäpfel. Ich sprang zur Tür, um sie zu öffnen, aber der Besitzer der Augäpfel hatte sein Gesicht schon zurückgezogen und war über den Flur geflüchtet. Ich glaube zwar nicht, daß ich den Jagdinstinkt einer Katze habe, aber damals rannte ich einfach hinterher, die Treppe hinauf in den ersten Stock, aber der andere hatte sich in ein Zimmer mit einer schwarzen Tür eingeschlossen. Ich klopfte, ich klopfte schweigend an die Tür, weil ich nicht wußte, was Leute in dieser Stadt in einer solchen Situation rufen. Als mir die Hand zu schmerzen begann, beschloß ich, weil es keinen Grund gab, meinen Mann unbedingt heute noch zu sehen, mir die Zähne zu putzen und alleine schlafen zu gehen. Neben dem Zimmer mit der schwarzen Tür gab es ein anderes, in dem ein Bett stand, dort fand ich in einem Kleiderschrank siebzehn Pyjamas für Frauen, der Größe nach von links nach rechts aufgehängt. Der kleinste paßte mir genau, vielleicht hatte mein Mann sich gedacht, daß ich den zweitkleinsten anziehen kann, wenn ich ein bißchen größer werde, oder er wußte nicht, wie groß ich bin, oder vielleicht hat er sich von sechzehn Frauen, die größer sind als ich, scheiden lassen, ich wußte es nicht. Das Zimmer hatte eine kleine Waschecke, wo nur eine Zahnbürste lag, von derselben Pfirsichfarbe wie der Pyjama.

Als ich aufwachte, bemerkte ich am Kopfende des Bettes einen kleinen Tisch, auf dem eine Teekanne und ein Becher standen, aus der Kanne stieg Dampf und unter dem Becher lag ein Geldschein. Mein Mann war also, während ich schlief, in das Zimmer gekommen, ich erinnerte mich, daß ich das in meinem Traum gesehen hatte. In diesem Traum hatte mein Mann, weil er unter seinem Alter litt, sein Gesicht, um es vor mir zu verbergen, mit beiden Händen bedeckt, nur seine Augen, die einzigen Stellen, denen man ihr Alter wirklich nicht ansehen konnte, hatte er leuchten lassen, sein Körper war gekrümmt, er atmete schwer bei seiner harten Arbeit, bei der ich, immer wenn er sagte, ich beneide dich um deine Jugend, um ein Jahr jünger wurde. Es ist natürlich, älter zu werden, aber jünger zu werden ist, wie wenn einem etwas am Kopf nagt, als ich meinem Mann mit Tränen in den Augen vorwarf, daß ich auf diese Weise immer kleiner würde und schließlich keinen der Pyjamas mehr würde tragen können, lachte er auf eine unnatürliche Weise laut auf, vielleicht hatte er sich über meine geschickte Erwiderung geärgert, vielleicht hatte sie ihm aber auch gefallen, denn er sagte, weil du so klug bist, kannst du von morgen an auf die beste Schule in dieser Stadt gehen. Aufgrund dieses Traumes wäre ich am liebsten sofort in die Schule gegangen, beim Tee schaute ich zum Fenster hinaus und überlegte mir, wie ich diese Schule finden könnte, der Regen klatschte wie mit flachen Händen auf die Pflastersteine, ich mußte also erst einmal einen Schirm finden, um überhaupt auf die Suche nach der Schule gehen zu können, aber ich hatte ja schon meinen Mann gefunden, da werde ich doch, dachte ich, auch Schirm und Schule finden können, und da der fertige Tee auf mich gewartet hatte, gab es darüber hinaus keinen Grund, meine Heirat zu bereuen, ja, vor allem gab es keinen Grund zur Reue, ich zog mich an, ging aus dem Schlafzimmer, klopfte an die schwarze Tür nebenan, es rührte sich, wie erwartet, nichts, ich blieb eine kurze Weile vor der Tür stehen, da hörte ich von unten das Geräusch von Tellern, die aneinanderstießen. Ich stürzte geradezu die Treppe hinunter, aber in der Küche war niemand, zwei Frühstücksteller standen da und schräg daneben zwei Eierbecher, einer davon war leer, auf einem der Teller lagen kleine Stückchen Eierschale verstreut. Ich dachte, mein Mann ist ein Mensch, der die Eierschale in ganz kleinen Stückchen vom Ei schält, und setzte mich an meinen Platz und aß das sauber geschnittene Brot. Die drei gekochten Eier, die ich gestern in meiner Tasche hatte, waren sicher schon schlecht geworden. In dieser Stadt ist es wichtig, die Eier vertikal zu essen, dafür sind eigens die Eierbecher genannten Utensilien erfunden worden, man darf Eier hier nicht einmal aus Versehen horizontal essen, hatte mir im Zug jemand beigebracht, und als ich die Eierbecher da stehen sah, dachte ich, das scheint wirklich zu stimmen, und um gegen diese Regel zu verstoßen, nahm ich das Ei in die Hand, stellte mir vor, es wäre der Erdball, und schnitt es den Äquator entlang mit einem Messer in zwei Teile und aß deren Inhalt auf. Dann legte ich die beiden Schalenhälften wieder aufeinander und stellte sie in den Eierbecher zurück, daß es so aussah, als wäre der Inhalt noch drinnen. Wenn ich es hätte sagen wollen, hätte ich jetzt sagen können, daß das eine barbarische Art zu essen sei, aber ich war ja alleine, und keiner konnte sehen, wie ich aß, keiner konnte sich darüber ärgern oder mich zurechtweisen oder nachmachen.

Neben der Küche gab es ein kleines Zimmer, in dem an einem Fenster ein Schreibtisch stand, dort ging ich hinein, weil ich große Räume hasse, weil ich mich einsam fühle, wenn ich in große Räume komme, hatte ich mir dieses Zimmer ausgesucht, aber kaum war ich drinnen, hörte ich erst ein Geräusch in der Küche und dann ein Geräusch, als eilte jemand die Treppe hinauf, ich lief schnell in die Küche zurück und sah, daß eine Tür des großen Geschirrschranks neben dem Tisch halb geöffnet war, im Schrank stand nicht ein einziger Teller, er war völlig leer, mein Mann hatte sich darin versteckt und ganz leise geatmet, als ich gefrühstückt hatte, jetzt schien er in den ersten Stock zurückgegangen zu sein, das wußte ich, aber ich suchte ihn nicht, sondern ging wieder in mein kleines Zimmer. Am Schreibtisch sitzend dachte ich, daß sich meine Mutter Sorgen mache, wenn ich ihr keinen Brief schriebe, auch wenn ich ihr die Wahrheit schriebe, würde sie sich Sorgen machen, ich schrieb ihr also sehr allgemein, daß mein Mann ein sehr riicksichtsvoller Mensch und das Haus sehr ansehnlich sei, daß Nahrung ausreichend vorhanden und das Wetter gut sei und daß mein Eheleben unter besten Voraussetzungen angefangen habe.

Es sollte nicht schwer sein, in der Hauptpoststraße einen Brief aufzugeben, daher ging ich, nachdem es zu regnen aufgehört hatte, mit meinem Brief aus dem Haus, als ich mich am Tor umdrehte, erkannte ich daran, daß ein Vorhang im ersten Stock ein wenig geöffnet war, daß mein Mann mir nachschaute, aber das kam mir, anders als gestern, schon fast normal vor, ich lief nun auf dem nassen Steinpflaster der Straße in der der gestrigen entgegengesetzten Richtung. Nach einiger Zeit kam ich zu einem Gebäude, das ununterbrochen Leute, die Umschläge in den Händen hielten, einsog, auch ich ging mit meinem Umschlag hinein, am Schalter, an dem ich den Brief an meine Mutter abgab, maß ein Beamter, dem die Lippen rechts und links fleischig herabhingen, mit einem Lineal die Länge des Umschlags und schüttelte wie angewidert den Kopf. Dann legte er den Brief auf eine Waage, las die Anzeige ab, schüttelte wieder den Kopf und starrte mich mit zornigen und mitleidvollen Augen an, aber ich verstand nicht, was das bedeuten sollte, denn der Mann sagte mir nur den Preis, hatte aber sonst nichts zu beanstanden. Es machte mir Angst, daß ich solche Dinge oft nicht verstand, deshalb wollte ich unbedingt zur Schule gehen, ich suchte im Telefonbuch nach der Adresse einer Schule und wollte mir gerade die einer Schule, deren Namen mir gefiel, notieren, da sah ich, daß auf dem Bauch des Kugelschreibers, den ich in die Hand genommen hatte, *Diebstahl fängt beim ersten an* geschrieben stand. Ich legte ihn auf den Tisch zurück, und statt mir die Adresse der „Allgemeinen Fachschule für Anfänger" zu notieren, lernte ich sie auswendig und verließ das Postamt.

Auf dem Weg zur Schule fing es wieder zu regnen an, meine Haare wurden naß und klebten auf meiner Kopfhaut, meine durchnäßte dicke Wolljacke lag schwer auf meinen Schultern, und als ich meine Schritte beschleunigte, traf mich der Regen von vorne so stark, daß auch meine Bluse naß an meinem Körper klebte und meine Brustspitzen sichtbar wurden. Als ich eben in das Gebäude hineingehen wollte, kam aus der offenen Tür eine Frau, die eine Brille trug, und fragte, ob sie mir helfen könne, ich antwortete, ich möchte mich nach den Formalitäten für den Schuleintritt erkundigen, es kam mir vor, als würde sie nach meinen Fersen schauen, aber das bildete ich mir sicher nur ein, sie sagte, kommen Sie erst einmal herein, so mitten im Regen kann man ja nicht richtig miteinander reden, legte ihre Hand auf meine Schulter und führte mich in ein Zimmer, in dem sieben oder acht Bilder hingen, die trostlose Landschaften zeigten. Vielleicht war sie die Direktorin der Schule, die Bewegungen ihrer Augen und Fingerspitzen waren ruhig, aber sie roch wie ein Schlafmittel. Manche Leute sagen, Schlafmittel haben keinen Geruch, aber es gibt in dieser Welt nichts ohne Geruch, die einzelnen Menschen nehmen nur verschiedene Arten von Gerüchen wahr. Wenn diese Frau nachts nicht schlafen kann, dann hat sie vielleicht Geldsorgen, oder könnte es nicht auch aus Altersgründen sein, oder wartete diese Stadt auf eine Katastrophe, über die nur ich nicht informiert worden war. Als die Frau mich fragte, was ich in ihrer Schule denn lernen wollte, wußte ich nicht, mit welcher Absicht den Schülern hier solche Fragen gestellt werden.

Ich wollte doch gerade deswegen zur Schule gehen, weil ich das nicht wußte, ich wußte es nicht, als ich antwortete, dies und jenes über die Menschen in dieser Stadt, fragte sie, was wollen Sie denn über die Menschen in dieser Stadt wissen, und als ich darüber nachdachte, fügte sie noch hinzu, antworten Sie ganz offen und ehrlich, als wollte sie andeuten, sie wüßte etwas über mich, das ich selbst nicht wußte, aber mir fiel nichts ein, als ich sagte, ich möchte, glaube ich, die Lebensgewohnheiten der Menschen kennenlernen, fragte sie weiter, welche Gewohnheiten, und als ich, weil es mir gerade in den Sinn kam, antwortete, zum Beispiel wie sie baden, war sie damit einverstanden, gut, fangen wir gleich heute damit an, aber dann sagte sie noch, plötzlich mit einer leisen und bedrohlichen Stimme, aber das ist nicht alles, in einem Fall wie Ihrem gibt es auch gesellschaftliche und politische Probleme, nicht wahr. Auf meine Frage, wieso, reagierte sie nicht, statt dessen sagte sie, unser Thema heute sind die Badesitten, und drehte eines der Landschaftsbilder um, dessen Rückseite eine kleine Tafel war. Die Frau sagte, man badet in der Regel zwischen dem Aufstehen und dem Frühstück, und schrieb auf die Tafel „Aufstehen“ und „Frühstück“, weil ich das merkwürdig fand, fragte ich, wieso muß man sich nach dem Aufstehen waschen, etwa weil man sich im Traum bei einem Waldspaziergang schmutzig gemacht hat, die Frau starrte mich an und antwortete nichts, meine Frage hatte ihre Gefühle verletzt, vielleicht badete sie morgens immer, um den Geruch des

Schlafmittels loszuwerden. Wie dem auch sei, ich hatte an diesem Tag morgens nicht gebadet, mein Mann muß das als seltsam empfunden haben. Die Frau sagte, in der Regel badet man alleine, und schrieb an die Tafel „alleine“, als sie danach skeptisch in meinen Augen zu lesen versuchte, sagte ich schnell, ich bade auch alleine, das heißt, im öffentlichen Badehaus ist das anders, sie erwiderte, aber zum Glück hat es in dieser Stadt ja keine öffentlichen Badehäuser, und ergänzte voller Stolz, deswegen gibt es hier auch kaum Leute mit Hautkrankheiten. Es gibt zwei Methoden zu baden, man kann sich duschen oder in einer Wanne seinen Körper reinigen, als sie noch sagte, eine Dusche dauert im Durchschnitt zwei Minuten und siebzehn Sekunden, dachte ich, darauf muß ich in Zukunft achten, sonst glaubt mein Mann vielleicht, daß ich ertrunken bin, und verschickt Todesanzeigen, denn ich halte mich immer mindestens eine Stunde im Badezimmer auf. Die Frau fragte unsicher, woran denken Sie, als ich antwortete, ich denke an nichts, sagte sie streng, Sie dachten bestimmt, daß meine Aussagen falsch sind, und als ich daraufhin den Kopf schüttelte, konterte sie, woher wissen Sie denn dann, daß sie nicht falsch sind, jetzt war ich verlegen, mein Gott, ich weiß ja doch noch gar nichts und muß alles glauben, was Sie mir sagen, aber das ist ja auch gut so, denn wenn etwas falsch ist, dann stellt es sich irgendwann ganz von selbst heraus, ich habe Ihnen gegenüber wirklich überhaupt keine Vorbehalte, aber die Frau war mit meiner Entgegnung nicht zufrieden und unterstellte mir nun, eine klügere Lehrerin erwartet zu haben, erst als ich sagte, ich habe mir noch nie in meinem Leben Gedanken über die Intelligenz anderer Leute gemacht, das ist mir gleichgültig, schwieg sie. Für sie war es anscheinend ein wichtiges Problem, ob Menschen klug oder dumm sind, aber mich interessierte es nicht, ich wollte lieber noch mehr über Badesitten lernen, die Frau fing aber plötzlich zu weinen an, und ihre Phantasie geriet völlig aus ihrer Kontrolle, Sie erzählen nur komplizierte Lügen, um herauszufinden, ob ich sie durchschauen kann, Sie stellen meine Intelligenz auf die Probe, Sie sind sicher ein Spion des Direktors, eine unglaubliche Unverschämtheit, das ist also die Art, wie man nach einem geeigneten Abteilungsleiter sucht, in der Aufregung weiteten sich ihre Poren, der Schlafmittelgeruch wurde stärker, um der Verwirrung ein Ende zu setzen, machte ich den bemerkenswerten Vorschlag, nehmen Sie vor dem Zubettgehen ein siebzehnminütiges lauwarmes Bad, dann können Sie gut schlafen. Damit war der Unterricht an diesem Tag vorbei, auf dem Weg nach Hause bemerkte ich, daß ich alle Ereignisse des Tages in meinem Kopf zu ordnen versuchte, obwohl ich niemandem darüber Bericht erstatten wollte.

Im Haus war es still, aber die Lichter brannten, in einem Topf in der Küche stand eine Cremesuppe für mich bereit, später im Bett faßte ich den Entschluß, ab morgen zu kochen, wie es sich für eine Hausfrau gehört, denn wenn ich mich weiterhin auf diese Weise wie in einem Hotel bedienen ließe, hätte ich ja nie das Gefühl, ein Eheleben zu führen, mit solchen angenehmen Gedanken glitt ich in den Schlaf. Im Traum war mein Mann noch viel älter als gestern, aber er schien es selbst nicht zu bemerken, er lächelte, und sein Gesicht glich irgendwie dem meiner Großmutter, ich legte meine Arme um ihn, streichelte seine nassen Haare und sein nasses Hemd, als ich seine künstlichen Arme, die schlaff herunterhingen, durch das Gelände meines Körpers führte, wurden sie nach und nach wärmer und begannen, sich von selbst zu bewegen, ich merkte, daß ich träumte, um aus dem Traum, der mir sehr gut gefiel, nicht zu erwachen, bewegte ich mich kaum und versuchte unhörbar zu atmen, doch obgleich es so schön war, seufzte mein Mann auf einmal, stand auf und sagte, dir macht das Spaß, für mich ist das aber alles nur Arbeit, ich erschrak, weil er meinen Körper zu einem Reisekoffer falten wollte, ich sprang auf und stieß dabei gegen sein Kinn, mein Mann fiel auf seinen Rücken, als ich ihn aufrichten wollte, da schnellte er hoch und rannte weg. Am Kopfende meines Bettes stand wieder Tee und daneben lag Geld, daran merkte ich, daß ich aufgewacht war. Gestern war es nur ein Geldschein gewesen, heute waren es aber zwei. Das erste, was ich in der Küche tat, war natürlich, in den

Schrank zu schauen, doch unter dem ordentlich eingeräumten Geschirr fand ich nichts, von dem ich hätte sagen können, das ist mein Mann, ob er im Zimmer mit der schwarzen Tür war, ob er in die Stadt gegangen war, jedenfalls hatte er keine Geräusche gemacht, auf dem Tisch fand ich wieder kleine Stückchen Eierschale, die ich flink aufsammelte, in den Mund steckte und aufaß. Wenn ich meinem Mann erzählte, in meiner Heimat ißt man nämlich nur die Eierschale und wirft den Rest weg, das Kalzium in der Schale ist gut für die Fingernägel, und der Rest enthält ja nur Cholesterol, würde er dann zornig werden und sagen, schon wieder eine Lüge, mit der du mich auf die Probe stellen willst, oder würde er weinen und sagen, du denkst bestimmt, dein Mann ist ja dümmer als er aussieht. Da ich jetzt begonnen hatte, die Schule zu besuchen, war ich auch fähig, mir Gespräche mit meinem Mann vorzustellen, der Gedanke, daß ich heute wieder zur Schule gehen würde, stärkte mir das Rückgrat, heute spülte ich nach dem Frühstück das Geschirr, wischte, wie es sich für eine Hausfrau gehört, den Tisch ab, machte das Bett und ging in die Schule. Der Weg zur Schule führt durch ein Wohnviertel, wo man keine Leute trifft und wo es keine Läden gibt, wenn man den Weg und das Abenteuer scheut, in das Geschäftsviertel zu gehen, kann man das Stadtleben hier nicht kennenlernen, aber da ich es nun einmal nicht mag, daß jemand auf meine Füße schaut, und es mir nie in den Sinn kommt, an sehr belebte Orte zu gehen, lief ich auch heute wieder geradewegs zur Schule. Vor der Tür stand die Lehrerin und rauchte auf eine sehr eigenwillige Art eine Zigarette, sie sog immer sehr hektisch am Filter, als könnte er weglaufen, wenn sie sich nicht beeilte, wenn sie den Rauch einatmete, schien es, als wollte sie ihn, bevor er verdirbt, überall in ihrem Körper verteilen, aber wenn sie ihn ausblies, sah es so aus, als wollte sie auf einmal und voller Abscheu alles Gift aus ihrem Körper herausstoßen. Auch das konnte nur bedeuten, daß der Stadt eine Katastrophe bevorstand und daß die Einwohner nur noch eine kurze Zeit zu leben hatten. Die Frau sagte in einem etwas albernen Ton, Sie wollen bestimmt sagen, daß das Rauchen schlecht für die Gesundheit ist, ich weiß, ich weiß, dann warf sie ihre Zigarette auf den Boden und trat sie mit der Fußspitze aus. Es muß einen Grund dafür gegeben haben, daß sie etwas, das sie bis eben im Mund hatte, nun so voller Haß zertrat, aber ich wußte nicht, wie ich danach fragen sollte, und obwohl ich gerade das am liebsten gewußt hätte, antwortete ich auf die Frage der Frau, was möchten Sie heute lernen, daß sie mir beibringen sollte, wie man einkauft, obwohl ich gar nicht daran gedacht hatte, doch die Frau schien über meine Antwort erleichtert. Sie erklärte mir, wenn man in einen Laden geht, sagt man erst einmal Guten Tag. Gut, daß sie mir das gesagt hatte, ich hatte diesen Ausdruck nämlich noch nie gebraucht, und wer weiß, vielleicht hätte man mich für einen Dieb gehalten, wenn ich in einen Laden gegangen wäre, ohne ihn zu benutzen. Weil die Frau nickte, als ich spaßeshalber fragte, ob man, wenn man aus dem Laden herausgeht, Auf Wiedersehen sagt, fand ich das so komisch, daß ich zu husten anfing, die Frau wartete, bis mein Hustenanfall vorbei war, und sagte dann in einem schulmeisterlichen Ton, es ist eine Sünde, sich nicht in aller Form zu verabschieden, ein Auf Wiedersehen ist das mindeste, was man erwarten kann, weil man ja auseinandergeht, wenn man sich verabschiedet hat, braucht man auch nicht zu befürchten, daß ein herzlicher Abschied mißbraucht wird, das heißt, es besteht keine Gefahr, daß er zur Ursache endloser Gespräche mit dem anderen wird, jedenfalls kostet ein Abschied keine Zeit, Auf Wiedersehen heißt Auf Wiedersehen. Andererseits kann eine Scheidung im Gegensatz zur Heirat, die überhaupt keine Zeit kostet, sehr lange dauern, wenn man sich von seinem Mann trennt, muß man sich genügend Zeit lassen. Als ich sie fragte, haben Sie gestern abend vor dem Schlafengehen gebadet, weil Sie heute gar nicht nach Schlafmittel riechen, schwieg sie eine Weile und sagte dann sehr heftig, wenn Sie mit anderen Leuten reden, dürfen Sie Ihr Gesprächsthema nicht so plötzlich, sozusagen ohne Vorankündigung, wechseln, Sie sind doch kein Kind, ihre Maßregelung ärgerte mich, und ich entgegnete, warum darf ich das Gesprächsthema nicht plötzlich wechseln, warum sollen Erwachsene nicht können, was sogar Kinder können, die Frau lächelte und sagte, es war falsch, daß ich die Kinder als Beispiel genommen habe, ich hätte von ungebildeten Erwachsenen sprechen sollen, die im Gespräch von einem Thema zum anderen springen. Allmählich wurde ich böse, und ich versuchte, sie herauszufordern, indem ich sagte, wenn die Menschen durch die Bildung also dümmer werden und nur noch das verstehen, was auf ein Thema gebracht werden kann, ja, dann ist es doch besser, keine Erziehung genossen zu haben, aber die Frau blieb bei ihrem Lächeln und erklärte mir, Erziehung ist kein individuelles Problem, Erziehung ist eine Frage der Klassenzugehörigkeit, Angehörige derselben Klasse sprechen dieselbe Sprache, lesen dieselben Zeitschriften, tragen dieselbe Mode und beobachten sich gegenseitig, denn die Rangordnung der Menschen muß respektiert werden, und, sehen Sie, das gilt auch für den Sprachgebrauch, aber das verstehen Sie wahrscheinlich noch nicht. In diesem Augenblick ging die Tür auf, und ein junger Mann, vielleicht ein Schüler, kam herein, er blieb, als er mich sah, ganz gelassen und zeigte keine Spur von Scham oder Verlegenheit, er sagte nur, o, ich bin wohl zu früh, und steckte seine Hände in die Hosentaschen. Zum ersten Mal, seit ich mich in dieser Stadt aufhielt, spürte ich ein feindseliges Gefühl in meiner Brust aufkeimen, weil ich aber nicht wollte, daß der junge Mann es bemerkte, grüßte ich ihn mit einem sanften Lächeln auf den Lippen, statt jedoch meinen Gruß zu erwidern, sagte er zu der Frau nur, Sie tragen heute eine hübsche Brosche, die Frau lächelte ihn überrascht und zweideutig an, ich ärgerte mich, daß mir die Brosche nicht aufgefallen war, und noch mehr ärgerte ich mich darüber, daß der junge Mann eine Haut hatte, die so glatt war wie die eines gerade geschälten Pfirsichs, ich rückte meinen Stuhl geräuschvoll beiseite und stand auf. Ich sagte noch, ich komme morgen wieder, rannte aus der Schule und lief in die Richtung, die meinem Heimweg entgegengesetzt war.

Die Häuser entlang der Straße wurden immer kleiner, grauer und älter, es kamen Häuser, deren Fassaden wie geschält aussahen und deren Fenster zerbrochen waren, die dürren Kinder, die auf der Straße saßen und spielten, würdigten mich keines Blicks. Nur ein Mädchen, das mir zufällig in die Augen geschaut hatte, sagte ganz unbeteiligt, heute findet am Hafen ein Fest statt, um 10 Uhr steigt ein Feuerwerk, ich konnte an ihrem Gesichtsausdruck nicht erkennen, ob sie mich zum Fest einladen wollte, ob sie mich auffordern wollte, schnell nach Hause zurückzugehen, weil ich in Gefahr sei, oder ob sie mir nur stolz mitteilen wollte, daß sie von dem Fest wußte. Von einem vertrauten Geruch verlockt, ging ich in ein Restaurant, dessen Aushängeschild vor lauter Rost völlig unleserlich war. An der Theke saßen im Halbdunkel magere, bärtige Männer und spielten Karten, ihr ordinäres Lärmen und Feilschen wurde von der schrilleren Stimme einer Frau übertönt, die vielleicht sagte, wollen Sie etwas essen, anstatt mir eine Speisekarte zu geben, starrte sie mich erwartungsvoll an, als wollte sie in mein Gesicht etwas eingravieren und als wollte sie bis zu dem Moment geduldig warten, in dem die Namen der Speisen aus meinem Mund herausgesprungen wären, aber ich konnte mich nicht erinnern, was das für ein Geruch war, ich hätte mir eine Speisekarte gewünscht, auf der keine Wörter, sondern Gerüche aufgereiht gewesen wären, mir blieb nichts anderes übrig, als demonstrativ zu schnuppern, die Frau nickte und verschwand in der Küche. Weil sie nur Sandalen trug, machte ich mir wirklich überflüssige Gedanken darüber, warum sie keine Stiefel anhatte, in denen sie ihre Fersen hätte verstecken können, denn wenn man Fersen hat, die man verstecken kann, besteht gar keine Notwendigkeit, die Tatsache zu verstecken, daß man keine Fersen hat, und außerdem gibt es ja keine Menschen, die keine Fersen haben. Wenn es solche Menschen gäbe, bildeten sie eine Klasse, deren Sprechweise und deren Zeitschriften man anschauen müßte, und schon wüßte man es, da würde es auch nichts nützen, die Füße zu verstecken, als dieses Wort *Klasse* mir in den Sinn kam, erinnerte ich mich an die Schule und ärgerte mich, vor dem Fenster liefen einige Männer vorbei und warfen

Knallfrösche. Ein großer Teller, in dem ein ganzer Berg Knoblauchsalat lag, lenkte mich von der Szene draußen ab, natürlich, jetzt erinnerte ich mich wieder, der Geruch von eben, Knoblauch, ich atmete auf. Der Geruch war jetzt so stark, daß er geradezu in die Nase stach, ein beißendes Wohlbehagen trieb mir den Schweiß aus den Poren, ich genoß den scharfen und intensiven Geruch, nachdem ich in den letzten Tagen nur Milchprodukte gegessen hatte, da ich vergessen hatte, Guten Tag zu sagen, als ich in das Restaurant gekommen war, rief ich jetzt in Richtung der Männer, die Karten spielten, Guten Tag, sie drehten sich alle nach mir um, es waren wohl sieben, legten ohne zu lächeln ihre Karten auf die Theke und kamen langsam auf mich zu.

Dann streckte mir einer nach dem anderen seine im Vergleich zum Körper unglaublich kleine Hand zur Begrüßung entgegen. Ob mein Mann wohl auch so kleine Hände hat, oder sind die Hände dieser Männer vom zu vielen Kartenspielen so klein geworden, nein, mein Mann ist ja kein Fremder und hat sein Quartier auch nicht in einem Restaurant, deshalb sind seine Hände sicher weiß und groß. Vor dem Fenster wurde es dunkel, und das Licht der Lampen versickerte im Nebel, der Lärm der Knallfrösche wurde immer lauter, ich fragte nach der Straße zum Hafen, beglich die Rechnung, ging hinaus und bog, wie man es mir gesagt hatte, in die dunkle Straße neben der

Lagerhalle der Fischereigenossenschaft ein und ging geradeaus in südlicher Richtung weiter. Unterwegs war plötzlich ein Mann in einem Anzug vor mir, vielleicht wollte er nicht, daß ich ihn überholte, er sah mich jedenfalls an, als würde er es nicht dulden, und ging mit keuchendem Atem schneller, als wir an einem großen Lagertor vorbeikamen, hörte man hinter einem Lastwagen Geräusche, und neben den Füßen des Mannes explodierten Knallkörper, merkwürdigerweise schrie er mit einer Frauenstimme auf, die sich aber in eine Männerstimme verwandelte und, als hinter dem Lastwagen Gelächter zu hören war, donnerte, laßt den Quatsch, kommt heraus. Es kamen drei von Lachen geschüttelte Jungen in schwarzen Anoraks heraus, als der Mann sagte, auch noch Fremde, ging der größte von ihnen mit gleichgültiger Miene und leise ein paar Schritte nach vorne, drehte sich mit einem Ruck und trat ihm in den Magen. Der Mann knickte mit einem tiefen, kurzen Stöhnen zusammen und stürzte vornüber nieder, stemmte sich aber mit einer Hand wieder vom Boden hoch, drückte die andere gegen seinen Magen und sagte, ich werde die Polizei rufen..., da dies keine Wirkung zeigte, setzte er noch hinzu, wenn ich die Polizei rufe, dann werdet ihr..., aber da trat ihm der Junge von eben in den Hintern, und der Mann fiel auf sein Kinn. Wenn er keinen Bart gehabt hätte, hätte er sich die Haut am Kinn aufgerissen. Als der Junge mich ansah und etwas fragte wie, ob der Mann mein

Kunde sei, schüttelte ich schnell den Kopf, ich wartete, bis die drei verschwunden waren, ging dann zu dem Mann hin, kniete mich neben ihn und fragte, ob alles in Ordnung sei, er schaute mich mit einem leidenden Ausdruck an und sagte, wenn ich die Schwester dieser Jungen wäre, würde ich sie sofort in ein Heim für Schwererziehbare stecken. Ich spuckte dem Mann ins Gesicht und schoß wie eine Feuerwerksrakete in Richtung Hafen, schaute mich weder nach dem Mann noch nach der Schule um und rannte an wer weiß wie vielen Mänteln und Daunenjacken vorbei, bis ich Wasser sehen konnte, und weiter bis an einen Ort, wo im dunklen Wasser Licht von Booten schaukelte, dort rang ich keuchend nach Atem, und die Uhr am Schiffskai zeigte noch neun Uhr. Aus einer Kneipe in der Nähe drang ein fröhlicher Tumult, in meiner Einsamkeit, Langeweile und Hilflosigkeit betrat ich das Lokal, in dem ein schwüler Dunst kreiste, meine Ohren sausten mir, die Leute standen Schulter an Schulter, ich konnte nur Rücken, kein einziges Gesicht sehen, aber weil die meisten es dankenswerterweise vorziehen, im Stehen zu trinken, war an der Theke noch ein Barhocker für mich frei. Ich setzte mich, das heißt, ich kletterte auf diesen Barhocker, und meine Pupillen wurden sofort von der Welt hinter der Theke in Besitz genommen. Dort fing die Wirtin, die ungefähr dreißig Bestellzettel wie Spielkarten vor sich aufgereiht hatte, die Rufe der Gäste ab, schrieb sie auf, zapfte

Bier, öffnete Saftflaschen, spülte leere Bierkrüge und stellte sie in den Schrank, sie arbeitete, ohne auch nur eine Sekunde innezuhalten. Hinter der Theke stand noch ein süßer Junge mit den Wimpern und dem Nacken eines Lamas, aber er schien geistig etwas zurückgeblieben zu sein, denn als die Wirtin ihn freundlich aufforderte, die Tasse von dort drüben zu holen, ging er zwar nicht gleich, aber doch ohne zu murren, in das Hinterzimmer des Ladens und kam von dort ohne die Tasse sogleich wieder zurück und murmelte ärgerlich, hab ich einen Hunger. Statt zu schimpfen, machte die Wirtin schnell ein Sandwich und gab es dem Jungen, der das Fleisch seiner Backen zu einem Lächeln lockerte und fragte, ob er es hier essen dürfe, die Wirtin antwortete, aber freilich, wobei sie etwas in die Kasse tippte, und ihre Stimme klang im Tumult der Kneipe besonders leise, fast kühl. Wo bleibt das Bier, brüllte von irgendwoher eine rauhe Stimme, die Frau antwortete, ja, schon unterwegs, und gab einem Mann, der neben mir saß, Bierkrüge, die er wie nach alter Gewohnheit ohne etwas zu sagen Gästen im Hinterzimmer brachte. Es soll ein großer weißer Wal gewesen sein, ein Mann, der in der Gegend gerade einen Spaziergang gemacht hat, will ihn gesehen haben, hörte man im Hintergrund jemanden erzählen, ein anderer erwiderte, verirren sich Wale überhaupt in ein so dreckiges Meer, ich drehte mich um, weil mir seine Stimme bekannt vorkam, aber ich kannte den dickbäuchigen Mann, der da stand, nicht. Ich will auch noch was bestellen, mischte sich mit seiner schmierigen Stimme von der Seite ein junger Mann ein, der einen auffälligen Schal trug, als die Wirtin fragte, was wünschen Sie denn, nannte er einen schwierigen Cocktailnamen, etwas wie *Perle unter der Kokospalme* oder *Rose des Atlantiks*. Haben wir nicht, sagte die Wirtin kurz, und als er fragte, und etwas zu essen, sagte sie wieder nur kurz, haben wir nicht. Von irgendwoher klang unterdrücktes Lachen, mit dem Näherrücken des Feuerwerks stieg die Aufregung, die Atmosphäre wurde immer gespannter. Nur der Mann mit dem auffälligen Schal rührte sich nicht von der Stelle, an die Theke gelehnt fragte er nach einem Telefon, die Wirtin antwortete, ohne den Blick von den Gläsern, die sie spülte, zu heben, haben wir nicht, außerdem gibt's in dieser Stadt nichts von dem, was Sie suchen, der Mann reckte sich in die Höhe und fragte eindringlich, was soll das heißen, als die Wirtin aufschaute und ihr Gesicht weder Zorn noch Mißmut zeigte, sank er verlegen wieder in sich zusammen und sagte nur, ja, dann bitte ein Bier. Der Lamajunge hatte sein Sandwich aufgegessen und bettelte jetzt bei der Wirtin, kriege ich was zu trinken, der Mann mit dem auffälligen Schal, der gerade sein Bier bekommen hatte, wußte nichts Besseres zu fragen als, he, soll ich dir mein Bier geben, der Junge zog sich verschreckt zurück und kam auch keinen Schritt näher, als der Mann ihn gereizt anschrie, ich hab' dir gesagt, daß du mein Bier haben kannst. Die Gäste hatten begonnen, nach draußen zu gehen, weil das Feuerwerk nun bald beginnen mußte, ging ich ihnen nach und stand nun vor einer schwarzen Wasserfläche. In diesem Augenblick packte mich von hinten jemand fest am Armgelenk, als ich mich umschaute, stand da ein Polizist in Uniform.

Nein, es war nicht mein Bruder, der den Mann im Anzug getreten hat, ich habe gar keinen Bruder, es stimmt, dieser Mann ist von einem Jungen getreten worden, und vielleicht hat dieser Junge auch eine Schwester, aber ich bin nicht seine Schwester, so versuchte ich, mich herauszureden, der Polizist antwortete aber nichts, also mußte ich annehmen, daß ich gar nicht jenes Vorfalls wegen verhaftet würde, aber auch als ich ihn bat, mit der Verhaftung noch zu warten, bis das Feuerwerk vorbei sei, weil ich, seit ich in dieser Stadt lebe, noch kein Feuerwerk gesehen hätte, schwieg der Polizist und begann, mich in eine mir unbekannte Richtung zu zerren, da fiel es mir ein, also, wenn es um die Sache mit dem Zoll geht, ich habe nichts Unrechtes getan, im Bahnhof sah ich einfach nichts, nichts, was nach einer Zollstation aussah, ja, ich habe nicht einmal eine Landesgrenze gesehen, außerdem hatte ich überhaupt nichts dabei, was ich hätte verzollen müssen, aber was ich auch sagte, es hatte keine Wirkung. Schließlich näherten wir uns einer Reihe von Häusern, die ich schon einmal gesehen hatte, auf irgendeinem Wege hatte er mich in die Hauptpoststraße gebracht, vor dem Haus Nummer siebzehn angekommen, öffnete der Polizist ganz so, als wäre er bei sich zu Hause, das Gartentor und die Haustür und ging hinein, im ersten Stock stieß er mich auf das Bett im Schlafzimmer und ging weg. Zu meiner Überraschung klopfte er an die Tür des Nebenzimmers, die daraufhin sofort geöffnet wurde, ich rannte hinaus, aber die schwarze Tür war schon wieder geschlossen, ich hörte, wie der Polizist und mein Mann miteinander sprachen, aber um ehrlich zu sein, da ich weder die Stimme des Polizisten noch die Stimme meines Mannes kannte, konnte ich im Grunde gar nicht wissen, wer da drinnen mit wem sprach. Ich drückte mein Ohr fest an die Tür, und es gelang mir, einzelne Wörter wie *Kosten* und *Verlust* aufzufangen, natürlich hörte ich weder, was sie besprachen, noch ob sie verhandelten, ob sie stritten oder nur plauderten, ja, nicht einmal, in welchem Ton sie miteinander sprachen. Ich gab das Lauschen auf und schlich in mein Zimmer zurück, putzte mir die Zähne, legte mich ins Bett und schloß die Augen, da ging unter meinen Lidern das Feuerwerk los, das ich eben versäumt hatte, langsam, wie voller Bedauern, tanzten die Feuerfunken nieder und fielen schmerzlich brennend auf meinen Körper, der matt und weich wurde und sich krümmte, im Traum war mein heutiger Mann der Junge, der wie ein Lama aussah. So einen Jungen hatte ich schon immer heiraten wollen. Ich hatte einen viel jüngeren Mann mit wirklich weichem Fleisch, weich wie marsh mallows, heiraten wollen, verzichtete aber, weil alle Welt versucht hatte, mir einzureden, daß ein Mann ohne Ausbildung nicht in Frage kommt und daß ein Mann, der kein Geld ins Haus bringt, nicht in Frage kommt und daß ein Mann, der jünger ist als ich, nicht in Frage kommt, und weil man mich vor der *Schande* warnte. Um mich zu unterhalten, rieb der Junge an seinen Ohrläppchen, bis sie spitz wie Hörner waren, ich lachte und rief, falsch, falsch, das sind die falschen Stellen, jetzt rieb er so lange seine großen Zehen, bis sie angeschwollen waren wie Segelschiffe, ich erstickte fast vor Lachen und rief wieder, falsch, das sind doch die falschen Stellen, aber er verstand mich nicht und fing an, mit einem Finger im Kreis um seinen Nabel zu fahren, freilich veränderte sich jetzt nichts, außer daß es nach Sesam roch, trotzdem überlegte ich mir ohne Hast, welche Hosen ich dem Jungen kaufen sollte, und malte mir mit Genuß aus, welche Pullover ihm wohl stehen würden, aber ist er nicht ein bißchen zu dünn, ich mag doch keine dünnen Männer, ich muß ihn mit fettem Essen mästen, reicht das Geld denn aus, in diesem Moment, als ich ans Geld dachte, wachte ich auf.

Leider hatten mich in dieser Nacht weder Schritte noch andere Anzeichen der Gegenwart meines Mannes aufgeweckt. Morgens fand ich auf dem Tisch ein Tee-Set und drei Geldscheine, wenn es so weitergeht, dachte ich mir besorgt, habe ich immer ein bißchen mehr Geld zur Verfügung und kann eines Tages nicht mehr mit wenig Geld leben, aber was hätte ich denn tun können, ich war doch verheiratet. Vor meinem Zimmer roch es nach faulen Eiern, das sind sicher die Eier in meiner Tasche, aber wo ist meine Tasche. Der Geruch kam aus dem Zimmer mit der schwarzen Tür, also bewacht mein Mann die Tasche, er bewacht meine Eier, plötzlich kam mir der befremdende Gedanke, daß mein Mann vielleicht nicht die Eier, sondern meine Notizbücher bewacht, aber weil es bisher nichts gegeben hatte, das ich hätte aufzeichnen wollen, und da mir auch die Zeit dazu fehlte, etwas aufzuschreiben, dachte ich nicht länger darüber nach und ging in die Küche, wo heute kein Frühstück auf mich wartete, aber daß ich mir das Frühstück selber machen mußte, das paßte ja ausgezeichnet zu meinem Entschluß vom Vortage, eine gute Hausfrau zu werden, ich holte zwei Eier aus dem Kühlschrank und versenkte sie in einem Topf mit Wasser. Vielleicht ist mein Mann wirklich viel jünger als ich, vielleicht hat er seine reichen Eltern verloren und sich aus Einsamkeit auf eine Ehe auf dem Papier eingelassen, und weil sein Körper für eine wirkliche Ehe noch nicht reif genug ist, versteckt er sich, bis er erwachsen ist. Also, im Zimmer mit der schwarzen Tür sitzt mein Mann zwischen Stofftieren und Bauklötzchen und blättert in Bilderbüchern und träumt vielleicht davon, einen Buchstaben nach dem anderen zu erlernen, um schnell viele Bücher lesen und seiner Frau stolz von seiner Bildung erzählen zu können.

Beim Gedanken an die Schule erinnerte ich mich an die Schüler, die gestern dort waren, und verlor allen Mut, vielleicht bin ich eifersüchtig, diese Vorstellung, auf Menschen eifersüchtig zu sein, auf die eifersüchtig zu sein es gar keinen Grund gab, ärgerte mich so, daß ich mich nun, um mir zu beweisen, daß ich nicht eifersüchtig war, auf den Weg zur Schule machte, ich ging los, und meine Schritte wurden immer schneller, vielleicht weil ich früher als die anderen ankommen wollte, vor der Tür stand eine mir fremde schlanke Frau, auf meine Frage, wo ist die Lehrerin, sagte sie, sie hat ab heute Schwangerschaftsurlaub, deshalb übernehme ich den Unterricht, dabei musterte sie mich von oben bis unten, wenn Außenstehende hören würden, wie die neue Lehrerin mich fragte, welche Fortschritte meine Studien machten, so würden sie sich irrtümlicherweise denken, daß es sich bei meinen Studien um solche handle, die Stufe um Stufe fortschreiten können, vielleicht fragt die neue Lehrerin mit der Absicht, mir eine solche Wahnvorstellung in den Kopf zu setzen. Ich parierte frech, unterschätzen Sie mich nicht, ich lasse mich nicht reinlegen, ich bleibe ewig Anfängerin. Jetzt versuchte sie, mich in die Enge zu treiben, heißt das, daß Sie alles vergessen, was man Ihnen beibringt, nein, entgegnete ich, da geschieht etwas anderes, nämlich jedesmal, wenn einem etwas beigebracht wird, verschwindet etwas, was man gewußt hatte, auf diese Weise wird der Kopf nach und nach leerer, und es entsteht Raum für allerlei Gedanken. Aber Ihr Mann denkt über Bildung doch ganz anders, damit traf sie freilich einen wunden Punkt, und ich antwortete schnell, ja, das stimmt, mein Mann interessiert sich für alles und jedes und erweitert sein Wissen, indem er ein Buch nach dem anderen verschlingt, sein Denken ähnelt einem Glasmosaik. Wir gingen zusammen in das Klassenzimmer, sie zündete sich eine Zigarette an, sagte, seit meiner Scheidung vor drei Monaten rauche ich wieder, und fragte mich neugierig, werden Sie sich auch scheiden lassen, da entgleiste mir die Zunge, und ich log, daß ich in der Tat Probleme hätte, in diesem Augenblick aber, da ich über den Verfall einer Ehe sprach, hatte ich vielleicht zum ersten Mal in meinem Leben so viel Wissen unter Beweis gestellt, daß ich zwar noch keines Respekts würdig war, aber doch als Erwachsene gelten konnte. Ich wußte nicht, ob sie die Wahrheit gesagt oder gelogen hatte, jedenfalls hatte sie behauptet, sie sei geschieden, und der Grund ihrer Scheidung sei der Charakter ihres Mannes gewesen, ihr Mann hätte das Haus nämlich nie verlassen, während eine Frau doch immer draußen herumspazieren wolle, selbst an Feiertagen hätten sie sich nicht einigen können, und der dauernde Streit hätte zur Trennung geführt, unbesonnenerweise sagte ich, daß auch mein Mann nie das Haus verließe, daß dieses Problem aber nicht so schwerwiegend sei, daß es zur Scheidung führen würde, die Frau schaute mich daraufhin vorwurfsvoll an und erzählte, auch in meinem Fall hat das Problem nicht darin bestanden, daß mein Mann nie aus dem Haus gegangen ist, das entscheidende Problem war, daß ich, nur weil er mir jeden Tag gesagt hat, du bist eine Frau, die gerne ausgeht, schließlich wirklich jeden Tag ausgegangen bin, auch ausgegangen bin, wenn ich gar nicht gewollt habe, auch mit geschwollenen Füßen ausgegangen bin, selbst ausgegangen bin, wenn der Nordwind mir die Backen zerschnitten hat und mir die Ohren erfroren sind, ziellos und weinend bin ich in der Stadt herumgelaufen, es war eine Qual, eine Sklavin des Charakters zu sein, der mir unverschuldet zuteil geworden war, es war eine Qual, eine Frau zu sein, *die gerne ausgeht,* schließlich habe ich mich scheiden lassen und mich von meinem Charakter befreit.

Im stillen dachte ich mir, im Vergleich zu ihr habe ich wirklich Glück gehabt, mein Mann besitzt so etwas Finsteres wie einen bestimmten Charakter gar nicht, er verändert seinen Charakter jeden Tag bis an die Grenzen meiner Einbildungskraft, und auch ich selbst bin der Pflicht entbunden, mich auf einen Charakter festzulegen, solche Ehen könnte man viele eingehen, die Frau betrachtete meine Kleidung und sagte, neuerdings werden aus Entwicklungsländern unterwürfige Frauen importiert, und in dieser Stadt gibt es eine Menge Männer, die solche Frauen wollen, folglich wird für die emanzipierten Frauen aus dem eigenen Land die Chance zu heiraten immer geringer. Sie wartete auf meine Reaktion, und als ich antwortete, davon weiß ich nichts, erklärte sie selbstbewußt, diese Frauen sind verkommen, sie heiraten wegen des Geldes, sie stammen aus elenden Dörfern, und wenn sie genug gespart haben, lassen sie sich wieder scheiden und kehren nach Hause zurück, sie sind zwar ungebildet, und es hat keinen Sinn, ihnen beizubringen, was Liebe ist, trotzdem hat mich gerade die Tatsache, daß es keinen Sinn hat, herausgefordert, Lehrerin zu werden. Ich stellte klar, daß ich keine solche Frau sei, ich hätte nach reiflichem Nachdenken den Entschluß gefaßt, sei also aus eigenem Willen gekommen. Sie erwiderte mit einem verächtlichen Ton in der Stimme, arme Leute haben keinen eigenen Willen, sie tun nur, was ihnen ihre Armut zu tun vorschreibt.

Sie hatte ihre Gedanken provozierend geäußert und wartete nun, als wäre sie auf einen Gegenangriff gefaßt, mit leicht geballten Fäusten und einem ein wenig nach vorne geschobenen Kinn auf meine Antwort. Es war meine eigene Entscheidung, meine Heirat war sogar die erste Handlung in meinem Leben, in dem ich bis dahin eigentlich noch nichts gemacht hatte, zu der ich mich selbst entschlossen habe, mir deshalb zu sagen, arme Leute hätten keinen eigenen Willen, ist äußerst ärgerlich, wie kommt es überhaupt, daß Sie alles über einen Menschen, dem Sie zum ersten Mal begegnen, zu wissen glauben. Die Frau erwiderte, um es nach Art der Experten zu sagen, fünf Minuten, nachdem ich ihn getroffen habe, kenne ich das Leben eines Menschen, wenn das nicht so wäre, könnte es den Beruf des Therapeuten in dieser Welt ja gar nicht geben. Und ich habe früher als Therapeutin gearbeitet, die Gedanken im Kopf der Frau rotierten nun wie eine durchgegangene Maschine. Ich sagte ihr, aber ich bin nicht krank, deshalb kann ein Therapeut mich auch nicht verstehen, vor allem aber leide ich überhaupt nicht, Sie sind es, die leidet, und ich sollte Erzieherin werden, um Ihnen zu helfen. Daß sie litt, war am Zucken der Muskeln ihrer Augenwinkel, am Schlaffwerden des Fleischs ihrer Mundwinkel, vor allem aber an ihrem Angstschweiß zu erkennen, nicht zu erkennen jedoch war der Grund ihres Leidens, denn so schwitzt man gewöhnlich, wenn man verspätet etwas einzuholen versucht, aber sie hatte diesen Geruch, obgleich sie, soweit ich sehen konnte, zu nichts zu spät gekommen war. Doch statt zornig zu werden, als ich ihr sagte, Sie sind es, die leidet, freute sich die Frau, als sei das Leiden ein Beweis ihrer Klugheit, und sie bestätigte, daß sie noch nie einen Menschen gesehen hätte, der so furchtbar litt wie sie, ich rächte mich auf der Stelle, dann tun Sie also alles, was Sie tun, nicht aus eigenem Entschluß, sondern weil Ihnen Ihr Leiden keinen Ausweg läßt, denn leidende Menschen können weder denken noch einen Entschluß fassen. Mir schauderte vor dem freudigen und boshaften Wohlbehagen, das in mir aufstieg, und ich sagte mit gespielter Bescheidenheit, aber erzählen Sie mir doch lieber etwas über diese Stadt, in dieser Stadt, erwiderte sie, gibt es nichts Besonderes, alle führen ein normales Leben. Als ich widersprach, von wegen normal, seit ich in diese Stadt gekommen bin, habe ich noch nichts Normales gesehen, schaute sie mir nur überrascht in die Augen.

An diesem Tag wollte ich, als ich wieder zu Hause war, wie es sich für eine Hausfrau gehört, das tun, was man Putzen nennt, aber weil keiner da war, der mir sagte, ob man ein so großes Haus von innen nach außen putzt, oder ob man am Eingang anfängt, und ob man zuerst die Fenster wischt und dann den Boden poliert oder umgekehrt, fing ich etwas ratlos in der Küche an, der Boden, der eigentlich gar nicht so schmutzig gewesen war, daß er hätte gewischt werden müssen, wurde durch mein Wischen nicht sauberer, und der Flur, der auch vorher nicht geglänzt hatte, glänzte immer noch nicht, als ich ihn hin und her mit dem Mop bearbeitet hatte, nur meine Schultern wurden mir bei dieser wenig lohnenden Tätigkeit steif, ich wollte die Tischdecke waschen, fand das aber sehr langweilig und konnte mir selbst nicht erklären, was ich mit der Hausarbeit überhaupt erreichen wollte, schließlich war das einzig Schmutzige in diesem Haus doch ich selbst, denn war es nicht schmutzig, jeden Abend einen Mann zu besuchen, den ich nicht kannte, bei diesem Gedanken entschloß ich mich zu baden. Das Badezimmer war so groß, wie es dem Haus entsprach, nein, es war größer, die Badewanne stand einsam in der Mitte des Zimmers wie ein kleines Schiff inmitten des Ozeans, und wenn der Teppich nicht grün, sondern blau gewesen wäre, hätte ich mich wie auf einer Seereise gefühlt, unsinnigerweise schien mir das große Zimmer auch mit Menschen angefüllt, die mich verwundert beim Baden beobachteten, verwundert, weil ich in einer Wanne voller Wasser mitten im Meer schwamm, Wasser im Wasser, der Sinn eines solchen Doppelbades war der Menge nicht ersichtlich, ich fragte mich, ob auch mein Mann darunter war, Menschen, die sich in einem Meer drängen, sehen alle gleich aus, alle sind sie naß, alle sind eng aneinandergepreßt, wie ein Schwarm von Tintenfischen, und irgendwo dazwischen mein Mann, ein Gedanke, der mich beruhigte, denn ich brauchte nun keinen bestimmten Menschen auszusuchen, irgendeiner darunter, irgendeiner von denen kann es sein, als ich aus der Wanne stieg, verschwand das Meer, und ich bemerkte, daß dem großen Zimmer gegenüber eine Tür ein wenig offenstand. Hinter der Tür war es stockdunkel, ich konnte nichts erkennen. Hier war es einfach zu hell. Ich wickelte mich in ein Handtuch und ging zur Tür, um sie ganz zu öffnen, wie erwartet konnte ich nur flüchtende Schritte hören und zuschauen, wie mir das Wasser vom Körper tropfte. Seit ich in diese Stadt gekommen war, hatte ich abgenommen, ohne daß es mir an Essen gemangelt hätte, ich befürchtete nun, in einen Zustand von Unterernährung zu geraten, wenn ich weiterhin keinen Hunger hätte, weil niemand da war, der mit mir zusammen aß. Ein Sprichwort sagt, auf fremdem Boden zu essen ist einfach, aber auf fremdem Boden zu schlafen ist schwer, in meinem Fall war es aber genau umgekehrt, es machte mir keine Mühe zu schlafen, aber es fiel mir schwer zu essen. Auch an diesem Morgen hatte ich keinen Hunger, obwohl ich nicht gefrühstückt hatte, ich war nur müde.

Zum ersten Mal war ich im Traum mutlos und wollte den Blick von meinem Mann abwenden, aber mein Gewissen sagte mir, das sei nicht gut, und ich streckte meine beiden Arme aus, als wollte ich meinen Mann, der hinzustürzen schien, auffangen, aber er kämpfte mit etwas in der Luft, vielleicht mit einem Spinnennetz, und strampelte. Mir kam das wie eine peinliche Veranstaltung vor, mit der er mein Mitleid erregen wollte, und statt zu helfen, schaute ich ihm nur zu, mein strampelnder Mann war heute weder ein Greis noch ein Jüngling, sondern ein Mann auf der Höhe seiner Leistungsfähigkeit, im besten Heiratsalter, seine weinglänzenden Backen widerten mich an, ich unterdrückte meine Lust zuzuschlagen und wollte ihm freundliche Worte der Ermutigung zurufen, fragte ihn statt dessen aus Versehen aber, ich weiß nicht warum, wie viele Scheine sind es heute. Mein Mann entfernte den Rest des Spinnennetzes vom Rücken seines Anzugs, sagte, hier, und zog fünf Scheine hervor, ich wollte ehrlich sagen, das ist ein Schein zuviel, weil ich ja erst vier Tage gearbeitet habe, aber da versagte mir plötzlich die Stimme, und ich riß ihm die Scheine nur schnell aus der Hand und steckte sie in meine Tasche. Ich dachte, ich bin nicht in der Lage zu sparen, das Geld, das ich habe, verbrauche ich immer, so werde ich mich nie scheiden lassen können.

Mein Mann fragte mich, was denkst du gerade, ich war um Worte verlegen, auch als er fragte, ich würde es sehr begrüßen, wenn du etwas Unanständiges denken würdest, denkst du etwas Unanständiges, konnte ich nicht antworten, da wurde er zornig und brüllte, warum antwortest du nicht, kannst du nicht hören, und steckte mir einen Füller ins Ohr, dessen schwarze Tinte färbte mein Trommelfell und drang in meinen Körper ein. Mein Mann sagte, wenn die Tinte in deinem Körper ist, dann gehörst auch du zu mir, als ich sagte, wieso, ich bin doch kein Tintenfaß, und überhaupt, gib mir lieber meine Notizbücher zurück, wachte ich auf. Dachte ich's doch, es war also ein Traum, auf dem Tisch lagen nur vier Geldscheine, mein Ohrloch war trocken, und es stand kein Tee da für mich, aber es ist ja gut, wenn ich mir meinen Tee selbst mache, außerdem ist es unwahrscheinlich, daß die Liebe meines Mannes zu mir abgekühlt ist.

Ich ging in die Küche, in dem Topf für die Eier lag eine Postkarte, es schien die Terminbestätigung eines Krankenhauses zu sein, der Termin war heute und galt mir. Offensichtlich hatte mein Mann mir einen Termin gemacht, es ging mir gesundheitlich zwar blendend, aber die Fürsorge meines Mannes war wirklich rührend, vielleicht hat der Wetterumschlag mich krank gemacht, ohne daß ich es gemerkt habe, die Gelegenheit war auch deshalb günstig, weil ich heute keine Lust hatte, zur Schule zu gehen, und das Wetter, ich schaute aus dem Fenster, der Himmel hing voller schwerer Regenwolken, ein Tag wie fürs Krankenhaus gemacht. Von wegen keine körperlichen Probleme, das sagt sich so leicht, nach einigem Überlegen erinnerte ich mich sofort an Stellen, die mir weh taten. Zum Beispiel spüre ich manchmal anstelle von Hunger ein leichtes Stechen in meinem Bauch, wenn ich dann doch etwas esse, liegt es mir schwer im Magen, wenn ich eine Treppe hinaufsteige, schmerzen mir die Knie, und wenn ich ins Dunkle schaue, tun mir die Augen weh. Als ich auf den Bus wartete, wobei ich mir alle meine Schmerzen genau durchrechnete, kam von der anderen Seite eine modisch gekleidete, große Frau näher, sie ging ungewöhnlich schnell, und man erwartete dauernd, vielleicht waren ihre hohen Absätze daran schuld, sie würde hinfallen, ihr Po zog sie nach oben, ihre Brust nach vorne und ihr Rücken nach hinten, und weil sie so in vier Richtungen gezerrt wurde, sah es aus, als würde sich der Raum, den ihr Körper einnahm, mit jedem ihrer Schritte ausdehnen. Sie blieb vor mir stehen, schaute erst nach der Fahrzeit, dann auf ihre Armbanduhr, der schien sie aber nicht zu glauben, denn sie fragte auch mich nach der Zeit, und als ich ihr antwortete, tja, wie spät wird es wohl sein, ich weiß es nicht, warf sie einen mißtrauischen Blick auf meine Füße.

Der Bus fuhr los, ließ die Häuser und einen lichten Wald aus dürren Bäumen hinter sich und hielt vor dem Klinikum, das auf einer Anhöhe stand. Ich hatte ein abschreckendes Gebäude, eine Art Burg erwartet, aber dieses war aschgrau und unauffällig und glich eher einer Schule, und obwohl ich es zum ersten Mal sah, hatte ich das Gefühl, jeden Tag hierherzukommen. Wortlos gab ich an der Rezeption meine Karte ab, die Krankenschwester las sie und schüttelte wie erschreckt den Kopf, blätterte suchend in einem mächtigen Buch, fand etwas, schüttelte erneut den Kopf, gab mir ein Holztäfelchen, auf dem die Zahl siebzehn geschrieben stand, und zeigte nach rechts. Mit dem Nummerntäfelchen in meiner Hand ging ich nach rechts und betrat ein Wartezimmer, das an eine Hotellobby erinnerte. Auf dem Schoß einer untersetzten Frau schlief ein kleiner Junge, neben ihr saß eine andere Frau, deren lange Arme und Beine makellos sonnengebräunt waren, und las in einer Wochenzeitschrift, als sie den Kopf hob und mich sah, legte sie die Zeitschrift auf einen Tisch, sie enthielt Bilder von angelnden Frauen in Badeanzügen, Bilder, die mir vieldeutig und interessant vorkamen, aber die Frau schien mehr Interesse an mir als an den Bildern zu haben und fing ein Gespräch an, wenn man so allein in ein Krankenhaus kommt, fühlt man sich ganz verlassen, nicht wahr, ich log, daß mein Mann heute leider keine Zeit gehabt hätte, ihr Ton wurde plötzlich höflicher, und sie sagte, ach, Sie sind verheiratet, fragte aber auch mißtrauisch, was macht Ihr Gatte denn so, nach dem Beruf meines Mannes. Es wunderte mich, daß sie sich für die Berufe anderer Leute interessierte, als ich nach einem Grund dafür suchte, fragte sie weiter, arbeitet er in einer Fabrik, die Lüge, die ich ihr zur Antwort gab, nein, er hat mit Aktien zu tun, quittierte sie mit einem beobachtenden Blick von der Seite, sie schien aufzuatmen, ach so, eine *Ehe auf dem Papier.* Als ich sie nun nachahmend, aber ohne jegliches Interesse fragte, und was macht Ihr Gatte, antwortete sie, mein früherer Mann war Abteilungsleiter, jetzt lebe ich alleine, Sie können das wahrscheinlich nicht verstehen, aber neuerdings wird in dieser Stadt der Wert von Frauen, die alleine leben, anerkannt, Sie glauben sicher, daß ich einsam bin, aber es genügt, einen Beruf zu haben, sie hatte anscheinend von Anfang an angenommen, ich hätte keinen Beruf, und mich deswegen bedauert. Auf meine Frage, und welchen Beruf üben Sie aus, antwortete sie stolz, den einer Rechnungsprüferin, dieser Beruf war mir unbekannt, immerhin begriff ich aber, daß es nicht ausreicht, sich nur scheiden zu lassen, um von der Gesellschaft anerkannt zu werden, dazu braucht man einen Beruf. Die Frau wechselte nun das Thema und sprach über Krankheiten, jedenfalls sind in der letzten Zeit meine Beine immer angeschwollen, ob ich zur Arbeit will, ob ich Freunde treffen will, ob ich meine kranke Mutter besuchen will, ich kann nicht gehen, weil meine Beine angeschwollen sind, nur an den Tagen, an denen ich einen Krankenhaustermin habe, lassen die Schwellungen nach, sie krempelte ihren Rock bis an ihre Oberschenkel hoch und zeigte mir ihre dünnen, knochigen Beine. Als ich fragte, wo sind sie denn angeschwollen, sagte die Frau stolz, hier an den Fersen, ein bißchen, weil ich ihre Art abstoßend fand, log ich sie an, ja, ja, das kenne ich auch, worauf sie ihre Rückenmuskulatur spannte und mir widersprach, nein, das kann nicht sein, denn diese Art zu schwellen und diese Art zu schmerzen ist nur für meine Beine typisch. Sie betonte, daß meine Beine einfach keinesfalls auf dieselbe Weise wie ihre schwellen könnten, als wollte sie sagen, diese kleinen Symptome seien die einzigen Eigentümlichkeiten, die ihren Körper von anderen unterschieden. Sie benutzte die Tatsache, daß noch *keiner diese Art Schwellung* zu sehen bekommen hatte und daß sie *diese Art Schmerz* nur selbst empfinden konnte, um ihren Körper zu ihrem alleinigen Besitz zu machen, ich verspürte Lust, diese Frau zu verspotten, und sagte ihr, mit dem Schmerz, von dem Sie reden, kann es nicht weit her sein, sie wurde, wie ich erwartet hatte, zornig und aggressiv, ein Mensch wie Sie, der noch nie krank war, was weiß der denn schon, ich antwortete im selben Ton, natürlich bin ich krank, der Beweis dafür ist, daß ich in einem Krankenhaus bin, worauf sie gehässig erwiderte, Sie sind doch nur hergekommen, um ihr Kind abtreiben zu lassen. Da richtete sich der kleine Junge, der bis jetzt auf dem Schoß der dicken Frau geschlafen hatte, plötzlich auf und sagte mit Tränen in der Stimme etwas wie, Mami, du bist aber doch nicht hierhergekommen, um mich abtreiben zu lassen, statt zu antworten, starrte die dicke Frau mich nur vorwurfsvoll an. Der Junge zog mir eine Grimasse, holte eine Spielzeugpistole aus seiner Hosentasche und kam auf mich zu. Ich habe vor Kindern Angst, ich sprang von meinem Stuhl auf und flüchtete zum Fenster, dort dachte ich, jetzt brauche ich dieses lästige Gespräch nicht mehr mühsam zu steuern, und warf einen Blick nach draußen, die Frau nahm die Zeitschrift wieder in ihre Hand, stand auf, kam näher, zeigte mir die angelnden Frauen in Badeanzügen und fragte, pflegen auch Sie bisweilen zusammen mit Ihrem Gatten eine solche Beschäftigung, das war irgendein Idiom oder eine Allegorie, die ich nicht kannte, ich ahnte, daß sie mein Wissen damit auf die Probe stellen und sich über mich lustig machen wollte, als ich antwortete, mein Gatte mag das nicht, und warum müssen eigentlich die Angler aus Angst, naß zu werden, Badeanzüge tragen, wo es doch die Fische sind, die geangelt werden sollen, gab sie mir ein Rätsel auf, ach, zieht man also nur, wenn man ins Wasser geht, Badeanzüge an. Ich wollte sie überrumpeln und sagte, Bilder, auf denen Fische in Badeanzügen nach Frauen angeln, wären interessanter, aber die Frau wich nicht und wankte nicht, meinte nur, Sie sind eine Realistin, nicht wahr, aber mir reichte es jetzt, ich hatte genug von dem Gespräch, das ich selbst nicht verstand. Wie hätte ich wohl weitergeredet, wenn die Frau nicht ins Sprechzimmer verschwunden wäre, nachdem ihre Nummer aufgerufen worden war.

Nach einiger Zeit wurde meine eigene Nummer aufgerufen, im Sprechzimmer stand ein bärtiger Herkules in einem weißen Kittel und bedeutete mir mit hochgezogenem Kinn, mich auf einen Hocker zu setzen. Er selbst ließ sich in einen großen Lehnstuhl sinken und fragte barsch, Fieber. Ich antwortete, nein, er fragte, Kopfschmerzen, Bauchschmerzen, ich antwortete wieder, nein, das Schweigen, das nun folgte, machte mich verlegen, und ich sagte, meine Glieder sind so schwer, er antwortete, tja, dann sind Sie schwanger, schauen wir uns das mal genauer an, er nahm eine Pinzette in die Hand und begann, mein Ohrloch zu untersuchen. Er rief eine Krankenschwester und ließ sie eine Taschenlampe holen, dann suchte er sorgfältig nach irgend etwas, aus Scham entschuldigte ich mich, das Schwarze ist kein Ohrenschmalz, mein Mann hat Tinte verschüttet, er fragte, ist Ihr Mann Romancier, ich antwortete mit einer neuen Lüge, nein, er ist der Direktor einer Tintenfirma, und fand es seltsam, schon wieder nach dem Beruf meines Mannes gefragt worden zu sein. Alle schienen sie nur an dem Beruf meines Manns interessiert zu sein, ich war ihnen gleichgültig. Au, der Arzt hatte mich fest am Ohrläppchen gepackt, ich schrie, Sie tun mir weh, der Arzt sagte enttäuscht, alles nur Einbildung, und ließ mein Ohrläppchen los, ich streichelte mein Ohr und dachte erbost, beinahe hätte er es mir abgerissen. Er befahl mir, legen Sie sich auf den Untersuchungstisch, ich wollte mich ausziehen, aber er sagte, die Kleidung können Sie anbehalten, Sie brauchen nur Ihre Schuhe auszuziehen, ich fühlte, wie mir die Röte ins Gesicht stieg, sollte ich sie erst ausziehen und mich dann auf den Tisch legen, oder sollte ich mich erst auf den Tisch legen und sie dann ausziehen, im Stehen kann ich die Schuhe nicht ausziehen, aber es ist auch komisch, wenn ich mich zuerst auf den Tisch lege und dann die Schuhe ausziehe, als ich sie daher auf der Tischkante sitzend auszog, kamen drei junge Krankenschwestern herein und kicherten, als sie mich sahen. Der

Arzt holte aus einer Tasche seines weißen Kittels einen Kamm und kämmte sich damit, dann zog er Handschuhe an und fing an, meine Füße zu untersuchen. Er horchte mit einem Stethoskop gründlich meine Fußsohlen ab, aber ich wurde immer ruhiger. Das heißt, als mein Körper so dalag, hatte ich das Gefühl, daß er zu etwas Fremdem geworden war, ich brauchte ihn nun nicht mehr zu bewachen, ja, ich hatte sogar das Gefühl, er bewacht sich nicht nur selbst, sondern er denkt auch und bewacht mich. Der Beweis dafür ist, daß *ich* mich schämte und geradezu litt, als die Schwestern miteinander tuschelten, mein *Körper* aber ungerührt dalag, auch wenn man über ihn lachte, denn der Körper will von den anderen weder bewundert noch verachtet werden, beides ist ihm gleichgültig. Und als der Arzt sagte, da kann man nur einen Teil des Fußes mit Plastik verstärken, meinte die Stimme des Körpers ganz ruhig, nein, das ist nicht nötig. Ohne zu wissen, warum eine Verstärkung nicht nötig war, fühlte ich selbst deutlich, daß sie es so meinte, wie sie es gesagt hatte. Auch von dem schnarrenden Einwand des Arztes, daß das so einfach nicht sei, weil da immerhin etwas fehle, ließ ich mich nicht einschüchtern und fragte nur zurück, was soll das bedeuten, daß da etwas fehlt, die Krankenschwestern lachten wieder, der Arzt drehte sich nach ihnen um und sagte sanft, heute macht euch die Arbeit Spaß, es blieb offen, ob er es ironisch oder ernst gemeint hatte, dann kämmte er sich wieder die Haare. Er sagte noch, jedenfalls ist es unbequem, wenn etwas fehlt, aber wenn Sie hartnäckig bleiben wollen, dann setzen Sie sich mit der Oberschwester auseinander, lästige Diskussionen sind meine Sache nicht, die Oberschwester sitzt in Zimmer siebzehn, und befahl mir mit der Spitze seines Kinns, vom Tisch zu steigen.

Im Zimmer der Oberschwester standen an drei Wänden dunkle Bücherregale, die Papiere, die sich auf dem Tisch vor dem Fenster türmten, sorgten dafür, daß nur wenig Licht hereinkam, die Oberschwester saß mit einem Stempel in der Hand an einem Schreibtisch, der Anblick, den sie bot, als sie sich nach meinem Klopfen umdrehte, hatte den seltsamen Glanz eines Fotos aus dem letzten Jahrhundert, und sie schien in dieser Haltung erstarrt zu sein. Ich ging in ihr Zimmer und schloß die Tür, der hektische Lärm, der draußen herrschte, war versiegt, nur das Ticken einer altmodischen Standuhr zählte die Zeit, die Oberschwester legte ihren Stempel hin, drehte sich auf ihrem Drehstuhl zu mir hin und erstarrte in dieser Haltung wieder zu einem Foto. Die Mühsal, mit der sie versuchte, keine Minute des Lebens zu verschwenden, bildete eine Barrikade vor der andrängenden Welle der täglichen Geschäfte, welche die Oberschwester sonst verschlungen hätten, als ich gesagt hatte, entschuldigen Sie bitte, daß ich Sie bei der Arbeit störe, spürte ich, daß selbst dieser Satz für sie eine Zeitvergeudung bedeutete, deshalb ergänzte ich noch, es dauert nicht lange, ich merkte, auch das war Verschwendung, aber sie machte mir weder Vorwürfe, noch trieb sie mich zur Eile an, sie wartete schweigend, bis ich zur Sache kam, sie sagte nichts, weil sie wohl erkannt hatte, daß es am wenigsten Zeit und Energie kostete, wenn sic cinfach nur wartete, mir aber fiel es schwer, alleine zu reden, ich begann ungeschickt, man hat mir gesagt, ich solle mir bei Ihnen Rat wegen einer Fußoperation holen, der Arzt hat es mir gesagt, ich weiß nicht, wie gut Sie sich mit ihm verstehen, ich kenne ja die internen Verhältnisse hier nicht, ich weiß auch nicht, warum der Arzt mich hierher geschickt hat, auf jeden Fall habe ich getan, was man mir gesagt hat. Als ich fertig war, merkte ich, daß ich wieder zu viel geredet hatte, aber die Oberschwester blieb ruhig und wartete auf die Fortsetzung, ich hatte die Hauptsache ja noch nicht erwähnt und fuhr entschlossen fort, also der Arzt hat gesagt, daß ein Teil meines Fußes fehlt und daß er ein Stück Plastik einsetzen möchte, aber ich bin dagegen. Die Oberschwester holte ein Formular aus der Schublade, füllte es schnell aus, unterschrieb, stempelte es und gab es mir. Das Dokument hatte den schwierigen Namen Operationsverweigerungserlaubnisschein, auf seiner Rückseite stand eine Rechtsbelehrung. Ich war verblüfft, weil die Angelegenheit sich so einfach und schnell hatte regeln lassen, und fragte, und das genügt, das brauche ich nur bei der Rezeption abzugeben und kann dann nach Hause gehen, die Oberschwester nickte, ich stand auf, die Verkrampftheit, die meine gewagte Unternehmung begleitet hatte, löste sich plötzlich, und ich mußte weinen, ich wollte der Oberschwester irgend etwas sagen, fand aber keine Worte und wischte mir statt dessen mit den Fingerspitzen nur die Tränen ab. Als die Oberschwester sagte, der Nordwind ist sehr stark, Sie müssen achtgeben, daß er Ihnen nicht direkt in die Augen bläst, ergriff mich ein sentimentales Gefühl, ich faßte Mut und fragte in einem Ton, der so gelassen war, daß er mich selbst erschreckte, was passiert denn, wenn ein Stück Plastik in den Fuß eingesetzt wird. Die Oberschwester schaute aus dem Fenster und antwortete kurz, die Gehweise ändert sich, ich spürte, daß in dieser schlichten Antwort sehr viel Fürsorge lag, und fragte, jetzt voller Vertrauen, weiter, wie ändert sie sich denn, die Oberschwester holte aus ihrer Schublade eine Broschüre mit dem Titel *Sozialmedizinische Betrachtungen über Fremdkulturen und Fersen* heraus, und um mir klarzumachen, daß sie jetzt keine Zeit mehr habe, drehte sie sich wieder ihrem Tisch zu und setzte ihre Arbeit fort. In diesem Augenblick fand ich das Wort für das, was die ganze Zeit in der Luft schwebte. Es war Lavendel. Zugleich verstand ich, daß das Gespräch mit der Oberschwester für mich zwar ein entscheidender Wendepunkt in meinem Leben war, für sie aber nur ein Teil ihrer Arbeit, den sie so schnell wie möglich hinter sich bringen wollte. Ich verließ ihr Zimmer und ging langsam zur Rezeption, gab die Bescheinigung ab, die Krankenschwester schüttelte abermals den Kopf und seufzte eindringlich. Der Bus ließ lange auf sich warten, die Umgebung war schon dunkel geworden, und die Konturen des Waldes hoben sich wie ein Schattenriß in den Abendhimmel, ich drehte mich nach dem Krankenhaus um und suchte das Fenster der Oberschwester, aber es gab dort zu viele düstere Fenster, die es hätten sein können, ich versuchte mich in Selbstmitleid, wenn ich in dieser Stadt einen Verkehrsunfall hätte, würde sich keiner um mich Sorgen machen, keiner hier weiß, was ich tue, aber die Tränen von eben waren getrocknet, und ich konnte mich schon nicht mehr erinnern, warum ich sie geweint hatte.

Die Broschüre, die ich von der Oberschwester erhalten hatte, habe ich leider im Bus vergessen, ich mußte also weiterleben, ohne etwas über Fersen zu wissen, und obwohl meine Gehweise sicher ein wenig seltsam war, wußte ich auch weiterhin, wenn jemand über mich lachte, nicht, warum er es tat. Als ich zu Hause ankam, hatte ich keinen Hunger und brauchte mir also kein Abendessen zu machen, ich warf mich, so wie ich war, ohne erst einen Schlafanzug anzuziehen, bäuchlings auf mein Bett, schloß die Augen und bin wohl bald eingeschlafen. Vielleicht war mein Mann auf Dienstreise gegangen, denn in meinem Traum tauchte er nicht auf, ich wartete alleine in einer Art

Fabrikhalle, als sich lautlos eine Gestalt näherte. Ich konnte in der Dunkelheit ihr Gesicht nicht erkennen, aber ein Duft von Lavendel verriet mir, daß es die Oberschwester war. Ich umklammerte sie und weinte bitterlich, aber die Oberschwester streichelte mir nicht, wie ich gehofft hatte, die Haare, sondern erklärte mir etwas in bezug auf die Arbeit eines Schlossers, ich sagte, das ist kein Beruf für mich, Schlösser zu zerstören, es liegt mir näher, Schlösser zu machen, die Oberschwester lachte und belehrte mich, Schlosser können auch Schlösser zerstören, wenn Sie Ihre Türschlösser entfernen lassen wollen, zerstören sie Ihnen für fünf Geldscheine jedes Schloß, man sagt, daß sie die Schlüssellöcher mit Schraubenziehern unbrauchbar machen. Ich sagte, ich hasse eine solche Arbeit, ich will auch Krankenschwester werden, vielleicht hatte die Krankenschwester auf diesen Wunsch gewartet, denn sie umarmte mich zum ersten Mal, aber in diesem Augenblick überlegte ich es mir doch anders, nur zu einer Krankenschwester möchte ich nicht werden, ich drückte mein Gesicht aber gegen ihres und sog tief den Lavendelduft ein. Die Oberschwester aber riß sich plötzlich von mir los, sah auf ihre Uhr und sagte in einem strengen Ton, du kommst zu spät zur Schule, ich nahm meinen Mut zusammen und sagte, ich will nicht mehr zur Schule gehen, sie ist mir zu langweilig, die Oberschwester antwortete nur, ja, dann werden wir uns in dieser Halle auch nicht mehr treffen können, ich mußte also doch zur Schule gehen. Das heißt, ich konnte mir ein Leben ohne die Oberschwester schon nicht mehr vorstellen. Als ich ihr versprach, weiterhin zur Schule zu gehen, drückte sie meinen rechten Fuß an ihre Brust und liebkoste ihn wie zum Trost. Sie streichelte den Spann meines Fußes, bis er heiß wurde, und küßte meine Zehen, eine nach der anderen, ja, sie wurde noch heftiger und saugte nun an meinen Zehen, das wilde, besitzergreifende Geräusch und das Kastagnettengeklapper ihrer Vorderzähne beunruhigten mich, ich versuchte, meinen Fuß zurückzuziehen, aber mir fehlte die Kraft dazu, ich war wie ein Spielzeug in der Hand der Oberschwester, und ich dachte, jetzt habe ich keine Kraft zum Laufen mehr und kann nie mehr weit gehen.

Das Erwachen an diesem Tag war schrecklich, denn wenn auf dem Tisch weniger als fünf Geldscheine gelegen hätten, dann hätte ich mich von der Oberschwester in meinem Traum befreien und mein gemächliches Eheleben weiterführen können, aber als ich nachschaute, waren es fünf Scheine. Weil ich am Abend wie eine Betrunkene und ohne den Schlafanzug anzuziehen eingeschlafen war, hätte mein Mann zur Strafe seine Zahlungen einstellen können, warum stand er jeden Morgen so früh auf und legte mir heimlich ein paar Geldscheine auf den Tisch, wie es das Gesetz vorschreibt, als würde er einer Prostituierten, die er nicht einmal berührt hatte, aus Barmherzigkeit Geld geben.

Vielleicht beobachtete er jeden Morgen durch ein Loch in der Wand mein dummes Gesicht, wenn ich das Geld holte, oder war die ganze Wand etwa ein magic mirror, durch den er alles, was hier vorging, wie in einem Aquarium sehen konnte. Ich bin nicht jemand, der nach versteckten Menschen sucht und vom Dunkel geschützte Dinge ins Licht zerrt, aber wenn ich einmal in die Enge getrieben werde und gezwungen bin, es doch zu machen, oder von einer älteren Frau dazu angestachelt werde, dann kann ich auch gewagte Unternehmungen gelassen durchführen. Ich wußte selbst nicht, ob es mir damit ernst war, als ich in das Geschäftsviertel ging und einen bestimmten Laden suchte. Obwohl mir keiner gesagt hatte, wie so ein Laden von außen aussieht, erkannte ich ihn, deshalb fragte ich mich damals, ob ich nicht früher schon einmal in dieser Stadt gewesen war.

Der Schlosser war ein großer, dünner Mann mit einer kalbsledernen Schürze, er hatte einen knochigen Körper, anscheinend hatte er mehr Gelenke als gewöhnliche Menschen, einige davon geschmeidig drehend und beugend, wirbelte er schwindelerregend durch seinen kleinen Laden. Ich sagte, Entschuldigung, darf ich..., und wollte warten, bis er sich nach mir umdrehen und sich auf mich einstellen würde, aber auch als der Schlosser mich sah, änderte er seinen Gesichtsausdruck nicht und blieb stumm. Ich fragte, ist es wahr, daß ein Schlosser nicht nur Schlösser machen, sondern auch zerstören kann, er fragte zurück, wer hat das behauptet, und als ich antwortete, die Oberschwester im Klinikum, sagte er, ich mag nicht ins Krankenhaus gehen und mir vielleicht von wildfremden Leuten auch noch in die Ohrlöcher gucken lassen, Gott sei Dank hatte ich seit zehn Jahren weder eine Krankheit noch eine Verletzung, auf jeden Fall möchte ich weder mit einem Arzt noch mit einem Polizisten zu tun haben, selbst wenn ich einmal einen Unfall hätte. Ich begriff, daß ich das Gespräch auf eine falsche Bahn gebracht hatte, und suchte nach einem anderen Weg, um auf das Thema zu kommen, ich tat es auf eine nicht besonders kunstvolle Art, denn ich sagte einfach, mein Mann hat sich in einem Zimmer eingeschlossen, und ich möchte die Tür aufbrechen und hineingehen, daraufhin schüttelte der Schlosser den Kopf und sagte, ein schlaffer Typ, der in sein Zimmer flüchtet, wenn seine Frau ihn im Streit einmal anschreit, nein, nein, klagte ich jetzt ganz ehrlich, wir haben nicht miteinander gestritten, er hat sich ganz ohne Grund eingeschlossen, ich mache mir Sorgen, weil er nicht herauskommt, wenn ich ihn rufe. Ich wurde von meinem Theater getäuscht, und ich glaubte nun selbst, was ich sagte, wenn er jetzt ablehnen würde, würde ich sicher weinen, vielleicht hat mein Gesichtsausdruck ihn erschreckt, er fragte, also Selbstmord, ich antwortete weder ja noch nein.

Der Schlosser fühlte, wie ernst es mir war, vertraute den

Laden einem Lehrling an, packte seine Werkzeuge in eine Tasche, und wir gingen zusammen zu meinem Haus. Als auch er mich auf dem Weg nach der Arbeit meines Mannes fragte, antwortete ich sofort, Romancier, der Schlosser nickte und murmelte, schließen sich solche Männer nicht immer in ihre Zimmer ein. Vor dem Haus fühlte ich mich sehr niedergedrückt und überlegte mir, ob mein Eheleben jetzt nicht zerstört werden würde. Vielleicht war es ja eine ganz normale Ehe, die ich im Begriff war, aus Unwissen oder Unüberlegtheit zu zerstören, einerseits dachte ich, man lebt mit dem Gefühl, daß sich über einem verborgenen Teil des Lebens nie der Vorhang heben wird, so geht es immer weiter, wie ein Wink, ungreifbar, zieht die Lust an einem vorbei, die täglichen Verpflichtungen wachsen stetig an, und so erfüllt sich das Leben, führen nicht alle so ein Eheleben, wenn ja, dann kann nichts es zerstören, andererseits spürte ich das grausame Bedürfnis, das Zimmer meines Mannes aufzubrechen, ihn zu packen und anzustarren, sei er ein Kind, ein Greis oder ein Toter, ich drängte den Schlosser, sich zu beeilen, kommen Sie herein, es ist im ersten Stock, das Zimmer meines Mannes. Der Schlosser murrte vor sich hin, als er hinter mir die Treppe hinaufstieg, die Dielen quietschen ja fürchterlich, wie Hilfeschreie, gespenstisch, über die schwarze Farbe der Tür sagte er nichts, meinte nur, das Schlüsselloch hat eine seltsame Form, und betrachtete es sich aus einiger Entfernung, meine übereilte Sorge, können Sie es nicht aufbrechen, wegen der Form, beruhigte er mit seiner Nasenspitze, nahm einen Schraubenzieher und kniete sich wie jemand, der zu Gott beten möchte, vor dem Schlüsselloch nieder, drehte sich dann plötzlich um, schaute an mir hoch und vergewisserte sich noch einmal, ich bekomme aber fünf Scheine. Ich holte die Scheine aus meiner Tasche und zeigte sie ihm, der Schlosser nickte und brach mit einer heftigen Bewegung das Schüsselloch auf. Das heißt, das *Loch* konnte er ja nicht aufbrechen, er hat wohl das Schloß aufgebrochen, ich konnte nur sehen, daß das Loch verbogen war, und als ich es sah, bekam ich einen Brechreiz, aber ich konnte keinen Grund erfinden, das, was ich selbst veranlaßt hatte, wieder rückgängig zu machen. Jedermann wird es als eine Schande empfinden, etwas, das man bis dahin für gut hielt, auf diese Weise von einem anderen mit der Kraft seiner Werkzeuge zerstören zu lassen, aber ich weiß nicht, was ich sonst hätte machen können. Die Arbeit des Schlossers schien ohne Schwierigkeiten vonstatten zu gehen, er hatte angefangen, ein Liedchen zu summen, mit seiner ganzen Kraft grub und stocherte er den Inhalt des Loches, den es eigentlich gar nicht geben sollte, heraus, immer wieder schien es, als würde sein Körper von dem Schlüsselloch verschluckt. Mein Blick war von den Fingerspitzen des Schlossers gebannt, mir war es, als würde ich von ihnen aufgesogen, und ich hatte keine Kraft mehr in den Beinen, als die schwarze Tür quietschend aufging, konnte ich mich nicht bewegen. Ein leeres, graues Zimmer, aus dem gerade jemand ausgezogen zu sein schien, in seiner Mitte lag etwas Kleines, ich wußte sofort, was es war, und versuchte, das, was ich wußte, in meinem Kopf in ein Wort zu übersetzen. Ich wollte diese Sache nicht anerkennen, ich war zwar nicht traurig, ich war auch nicht zornig, es war völlig sinnlos, diese dumme Geschichte sollte sich spurlos auflösen, wenn ich sie vergesse, dann ist sie ganz aus der Welt verschwunden, ich sollte, bevor ich sie aus Versehen irgend jemandem erzähle, mir die Macht einer Droge ausleihen, jedenfalls muß ich es vergessen, der Schlosser kennt die Umstände nicht und wird das alles gar nicht für so ungewöhnlich halten und wieder vergessen, das heißt, die Tatsache, daß mitten im Zimmer ein toter Tintenfisch lag, ist an sich ja nicht besonders seltsam, eigentlich gar nicht, auch daß ich als Witwe hier stand, war nicht sonderbar, und wenn die merkwürdigen Zusammenhänge und Verwicklungen sich auflösen, dann sollte ein neuer Anfang möglich sein, immer wieder ging es mir durch den Sinn, ich habe ihn ja nicht umgebracht, ich habe die Tür nur aufbrechen lassen, um wieder an meine Eier und Notizbücher zu kommen.

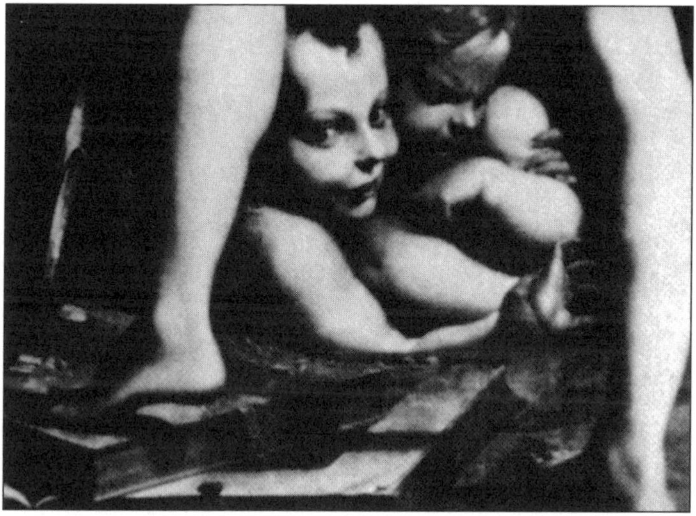

man hat mir geraten ich solle Früchte die Birnen heißen
in die Höhe meiner Brust halten und eine Stunde lang
geradeaus gehen und gesagt
so erreichte ich den Tempel wo du eingekehrt seist
und hat gesagt ich dürfe nicht abbiegen selbst wenn ich müde würde
und dürfe nicht stehenbleiben selbst wenn ich schliefe

Fortsetzung S. 133

Der Hundebräutigam

Das Licht der frühen Nachmittagssonne lag blendend weiß auf den in Reih und Glied aufgehängten Wäschestücken, auch der Greis, der allein in der drückenden Julischwüle durch die windstille Wohnsiedlung ging, hielt plötzlich mitten auf der Straße an, wendete sich schräg nach hinten und verweilte in dieser Haltung, dann blieb noch ein ziegelfarbenes Auto, das aus der Siedlung hatte ausbrechen wollen, als wäre es am Ende seiner Kräfte, neben einem Briefkasten stehen, aber niemand stieg aus, nur ein leises Surren klang wie das Zirpen sterbender Zikaden oder das Geräusch von Maschinen in einer Kantinenküche von fern herüber, an diesem stillen Nachmittag, um zwei Uhr.

Hinter den Eisengittern eines Balkons bereitete sich in ihrem Zwölfquadratmeterzimmer eine Frau Tee zu, sie fingerte dabei am Schorf an ihren Knien und starrte ab und zu auf die Mattscheibe ihres Fernsehers, der ausgeschaltet war, der Vorhang in der Küche ihrer Nachbarin, die gerade eine Veranstaltung in einem Kulturzentrum besuchte, war nur halb zugezogen, auf dem Kühlschrank lag ein angebissener Apfel mit Spuren von Lippenstift. In einer Ecke der Siedlung, die wie ausgestorben und trostlos war, bis die Kinder aus der Schule kamen und in den Nachhilfeunterricht gingen, klammerte sich ein großes, schmutziges Plakat an einen Telegrafenmast, seit einem Jahr, ja, vielleicht schon länger als ein Jahr schien es, als würde es sich ablösen und herunterfallen, aber es löste sich nicht ab, sondern hielt sich hartnäckig fest. Die mit rosa Filzstift geschriebene Aufschrift

Private Nachhilfeschule Kitamura

Mitsuko Kitamura

war vom Regen fast unleserlich geworden, von der Telefonnummer war, weil ein Stück des Plakats abgerissen war, nur noch die Hälfte übrig, und der vergilbte und mit Taubendreck bespritzte Lageplan war kaum mehr zu sehen, aber alle Mütter in der Siedlung, deren Kinder Grund- oder Mittelschüler waren, wußten, wo die Schule sich befand, so daß niemand in Schwierigkeiten gekommen wäre, selbst wenn die Skizze unsichtbar gewesen wäre, man hätte das Plakat also einfach abreißen können, aber keiner tat es, vielleicht war es den Leuten zu schmutzig, vielleicht ekelten sie sich davor, es anzufassen, außerdem hatte es sich in den dreißig Jahren seit dem Bau der ersten Häuser eingebürgert, die eigene Wohnung jeden Tag aufzuräumen, sich um den Schmutz auf den Straßen aber nicht sehr zu kümmern, man hielt es für eine ausgemachte Sache, daß die Stadtverwaltung die von Autos überfahrenen, zerquetschten Tauben auf der Straße und den Unrat, den die Betrunkenen hinterließen, wegzuschaffen habe, und auch das Plakat würde keiner anrühren, bis es in Fetzen ginge oder sich in Luft auflöste, so gleichgültig war man hier.

Die Privatschule Kitamura - „Norddorf" - wurde von ihren Schülern übrigens liebevoll Privatschule Kitanara - „Die Schmutzige" - genannt, die Kinder gingen aus irgendeinem Grunde gerne dorthin, so daß die Schule schon bald sehr gut besucht war, ob sich die Leistungen dadurch verbesserten oder nicht, das lag zwar an den einzelnen Schülern, aber obwohl man heutzutage oft hört, daß Kinder, die man gegen ihren Willen zum Besuch einer verhaßten Nachhilfeschule zwingt, in Wirklichkeit nicht zur Schule gehen, sondern ihre Zeit in einem *game center* verbringen, verhielt es sich mit der Privatschule Kitamura in diesem Punkte offensichtlich ganz anders. Um gewisse merkwürdige Gerüchte kümmerten sich die meisten Mütter nur wenig, und selbst wenn eine von ihnen einmal äußerte, daß man die Kinder nicht in diese Schule schicken sollte, gab es andere, die sie beruhigten und sagten, diese Gerüchte hätten sich aus harmlosen Phantastereien der Kinder entwickelt, man solle Kindermund nicht so ohne weiteres vertrauen und aus Mücken keine Elefanten machen, überhaupt könnten Kinder den Unterschied zwischen *unanständig* und *schmutzig* noch nicht recht verstehen und würden beides gerne miteinander vermengen. Da war zum Beispiel die Sache mit dem Papiertaschentuch. Einige Grundschüler und Grundschülerinnen hatten ihren Müttern folgendes berichtet: „Unsere Lehrerin hat gesagt, daß ein gebrauchtes Schneuztuch, wenn man es noch einmal benutzt, weicher und wärmer ist und sich sanft anfühlt, und wenn man es dann noch ein drittes Mal gebraucht und sich auf der Toilette damit den Po abwischt, dann soll es sich noch angenehmer anfühlen."

Die Mütter wurden rot, und da sie nicht so recht wußten, worüber und wie sie eigentlich schimpfen sollten, sagten sie nur - ein wenig atemlos:

„*Schneuztuch* sagt man nicht, das heißt Papiertaschentuch!"

Und je mehr sie bemüht waren, sich das Bild, wie Frau Kitamura auf einem Klosettbecken sitzt und ein weiches Schneuztuch benutzt, nicht einmal versehentlich auszumalen, desto häufiger hatten sie das frohe Gesicht der Lehrerin vor Augen. Dabei erinnerten sie sich auch an das, was der stellvertretende Schulleiter einmal gesagt hatte:

„Seltsam, daß eine schöne Frau ein so freudiges Gesicht haben kann. Ich hatte bisher geglaubt, daß schöne Frauen immer traurige Gesichter haben."

Zwar gab es das unbestätigte Gerücht, der stellvertretende Schulleiter sei ein entfernter Verwandter von Mitsuko Kitamura, aber allein schon die Tatsache, daß dieser strenge Mann die Lehrerin eine schöne Frau nannte, schien den Müttern eindeutig zu beweisen, daß sie keine allzu *schmutzige* Person sein konnte, ja, einige von ihnen glaubten, daß es aus nur pädagogischen Gründen geschah, wenn Frau Kitamura manchmal absichtlich schmutzige

Dinge erzählte. Auch die Geschichte vom dreimal benutzten Schneuztuch würde die Kinder nicht zur Nachahmung und zur Unsauberkeit verführen, sie seien dadurch ja nicht einmal von der verschwenderischen Angewohnheit geheilt worden, das Toilettenpapier zum Spaß abzurollen und nur sein Ende zu benutzen, und anders als in der Geschichte von den Brüdern, die um die Wette ein Papiertaschentuch nach dem anderen aus der Verpackung gezogen und alle aus einem Fenster im sechsten Stock geworfen hatten, konnte man in der Geschichte vom Schneuztuch der Lehrerin ja, wenn man wollte, auch den Geist der Sparsamkeit walten sehen. Keine der Mütter jedenfalls hinderte ihr Kind am Besuch der Privatschule Kitamura, und auch als die Kinder die Geschichte vom Schneuztuch schon längst vergessen hatten, konnten noch viele Mütter nicht umhin, jedesmal, wenn sie auf die Toilette gingen, sich daran zu erinnern, und einige von ihnen dachten: dieses industriell erzeugte Toilettenpapier fühlt sich wirklich trocken und spröde an, gibt es denn kein weicheres Papier? Aber mehr noch als das Toilettenpapier hat die Geschichte vom Hundebräutigam die Empfindlichkeit ihrer Haut gereizt.

„Von den Geschichten, die von Hochzeiten zwischen Menschen und Tieren erzählen, kennt ihr vermutlich nur die von der Kranichfrau, ich werde euch jetzt aber die Geschichte vom *Hundebräutigam* erzählen."

Die Kinder hatten die Geschichte, die ihre Lehrerin mit diesen Worten eingeleitet hatte, mit großem Interesse vom Anfang bis zum Ende angehört, aber weil die Geschichte so lang war, konnten die jüngeren Schüler sie zuhause nicht richtig wiedererzählen, und die Schüler der höheren und mittleren Klassen verschwiegen sie ihren Eltern aus Scham, und den neugierig gewordenen Müttern blieb nichts anderes übrig, als die Flicken selbst zusammenzusetzen, die Geschichte aber lautete so: In einem Palast lebte eine Dienerin, die zuweilen auch der Prinzessin aufwarten mußte, einst, als die Prinzessin noch klein war, wollte sie sich der unangenehmen Pflicht, den Hintern der Prinzessin abzuwischen, entledigen und hatte deshalb, ohne die Folgen zu ahnen, einem schwarzen Hund, den die Prinzessin sehr gern hatte, immer wieder gesagt:

„Wenn du den Hintern der Prinzessin sauberleckst, dann wird sie dich später einmal heiraten."

Eines Tages fand auch die Prinzessin Gefallen an diesem Gedanken. — Bis zu dieser Stelle stimmte die Erinnerung der Schüler überein, aber die Fortsetzungen, die sie erzählten, waren sehr verschieden, einige sagten, der schwarze Hund habe die Prinzessin eines Tages in den Wald gebracht und sie dort tatsächlich zu seiner Frau gemacht, andere erzählten, die Eltern der Prinzessin seien einmal zufällig Zeugen geworden, wie der schwarze Hund den Hintern ihrer Tochter leckte, und sie seien darüber so zornig geworden, daß sie den Hund und die Prinzessin auf eine menschenleere Insel verbannten.

In der Waldversion tauchte ein Jäger auf, der den schwarzen Hund heimtückisch erschlägt und die Prinzessin zu seiner Frau macht, die Prinzessin lebt zunächst glücklich mit dem Jäger zusammen, ohne zu wissen, warum der schwarze Hund plötzlich verschwunden und der Jäger aufgetaucht ist, eines Nachts verrät der Jäger aber im Schlaf, daß er selbst den schwarzen Hund umgebracht hat, worauf die Prinzessin ohne zu zögern den schlafenden Jäger mit dem Jagdgewehr, das neben ihm liegt, erschießt.

Auch die Inselversion hatte eine Fortsetzung, in der die Prinzessin bald einen Sohn zur Welt bringt, ein wenig später wird der schwarze Hund krank und stirbt, die Prinzessin zeugt, damit die Familie nicht ausstirbt, nun mit ihrem Sohn Kinder und vermehrt ihre Rasse.

Und wie kam es zu der Verbindung der klugen Prinzessin mit ihrem eigenen Sohn? Eines Tages trug sie ihm auf:

„Geh auf die andere Seite der Insel und heirate dort die erste Frau, die dir begegnet!“

Sie befahl ihm, den Strand entlang um die Insel zu gehen, sie selbst aber folgte dem Ufer in umgekehrter Richtung, als der Sohn schließlich auf der anderen Seite der Insel angelangt war und dort eine Frau sah, bemerkte er nicht, daß sie seine Mutter war, und vereinigte sich mit ihr.

Die Schulkinder kannten das Wort Inzest noch nicht, sie fanden an der Geschichte nichts Befremdliches und vergaßen sie bald wieder. Nur die Vorstellung, wie der schwarze Hund im Auftrag der Dienerin den Hintern der Prinzessin schlabbernd ableckt, schien einen äußerst tiefen Eindruck bei ihnen hinterlassen zu haben, denn wenn sie Eis aßen, bekamen sie Lust, selber schwarze Hunde zu sein, manchmal bellten sie dann wie Hunde und leckten schlabbernd ihr Eis. Wenn sie manchmal bei den Hausaufgaben ihre eigenen Handflächen leckten, wurde es den Müttern so übel, daß sie ihre Kinder nicht mehr in die Privatschule Kitamura schicken wollten, denn was würde aus den Kindern noch werden, wenn das so weiterginge, aber eine der Mütter, die an einem Kulturzentrum einen Kurs über Volksmärchen besuchte, erzählte, daß es ein solches Märchen tatsächlich gäbe, und beteuerte, daß es sogar in Märchenbüchern abgedruckt sei, dies beruhigte die anderen Mütter fürs erste. Als dann noch jemand sagte, daß eine Lehrerin, die sogar Geschichten, die nicht in den Lehrbüchern zu finden seien, mitreißend erzählen könne, doch wirklich *unique* sei, meinten alle, obwohl das Wort *unique* die Sache nicht so ganz zu treffen schien, daß das wohl so sei, und waren nun endgültig beruhigt.

Aber nicht nur die Mütter aus der Umgebung — aus Tama, den Unterstädten oder aus Yamanote —, sondern auch die Mütter aus dem Westen oder Nordosten Japans kannten diese Geschichte noch nicht, und daher vermuteten einige, daß Frau Kitamura längere Zeit in Südostasien, Afrika oder anderen fernen Gegenden gelebt hätte.

„Sie war bestimmt ein Hippie. Sie soll Geige spielen. Sicher vagabundierte sie herum und spielte auf einem schaukelnden Pferdewagen Geige." Die Mutter, die diese Vermutungen anstellte, war kaum fünfundzwanzig Jahre alt und kannte offensichtlich den Unterschied zwischen *Hippie* und *Gypsy* nicht, eine andere fühlte sich durch ihre Worte angeregt und fügte noch hinzu: „Vor ein paar Tagen habe ich einen alten Schrank umgestellt, da lag darunter eine alte Zeitschrift, ich fühlte mich an früher erinnert, blätterte sie durch und stieß auf eine Anzeige für ein natürliches Aphrodisiakum aus getrockneten und pulverisierten Auberginen, das über den *Hippie-Laden Kitamura* zu beziehen sei, ich frage mich, ob sich dahinter nicht unsere Frau Kitamura verbirgt...."

Die Gerüchte über Mitsuko Kitamura wurden so immer zahlreicher und dichter. Es gab da auch noch einige Mütter, die das Gesicht der Lehrerin auf Fahndungsplakaten für Terroristen im Flughafen entdeckt haben wollten, woraus sie schlossen, die Lehrerin habe sich deshalb jahrelang versteckt gehalten, wieder andere bestanden darauf, daß Frau Kitamura auch früher eine ganz normale Lehrerin an einer normalen Privatschule in Westjapan gewesen sei, und waren mit dieser Vorstellung zufrieden.

Sicher war nur, daß Frau Kitamura neununddreißig Jahre alt war, die Kinder fanden es nämlich lustig, ihre Lehrerin mit der Frage nach ihrem Alter in Verlegenheit zu bringen, denn sie wußten, daß sie des Interesses ihrer Mütter sicher sein könnten, wenn es ihnen gelang, das Alter der Lehrerin herauszufinden. Also fragten sie oft:

„Frau Lehrerin, wie alt sind Sie?"

Frau Kitamura antwortete jedesmal:

„Ich bin neununddreißig." Die Kinder erzählten dies zuhause, und so kannten zwar alle das Alter der Lehrerin, aber niemand hatte die geringste Ahnung, was sie gemacht hatte, bevor sie vor zwei Jahren in diese Gegend gekommen und in jenes Haus gezogen war. Eine alteingesessene Bauernfamilie hatte einen Teil ihres Grundbesitzes verkauft und für das Geld, das sie dafür erhalten hatte, in der Nähe des Bahnhofs ein Mietshaus bauen lassen, in das sie auch selbst eingezogen war. Gerade als ihr altes Haus abgerissen werden sollte, tauchte in einem weißen Kleid und auf einem mountain bike Mitsuko Kitamura auf, sie stellte sich als die *Freundin* eines Verwandten der Bauernfamilie vor und bat darum, das alte Haus für zehn Jahre an sie zu vermieten. Als man sie schließlich einziehen ließ und sie ihre Nachhilfeschule eröffnet hatte, fanden die Nachbarn es höchst sonderbar, daß der dickköpfige alte Bauer einer Frau sein Haus überlassen hatte, von der er nicht wußte, woher sie gekommen war, und so blieb auch das Gerücht nicht aus, daß sie seine Geliebte sei, aber Frau Kitamura hatte nichts von einer *Geliebten,* wenn sie in einer abgewetzten Arbeitshose und mit einer auffälligen Sonnenbrille unter dem Kirschbaum saß und entspannt polnische Romane las, und da es schlichtweg unmöglich war, irgend etwas über ihre Erziehung oder ihren familiären Hintergrund herauszubekommen, wurden die Leute allmählich des Klatschens über diese kinderlose Frau von neununddreißig Jahren müde — war es doch ein Alter, das ohnehin keine klaren Schlüsse erlaubte — und ließen sie ihrer Wege gehen. Die Nachbarn der Lehrerin setzten zwar noch das eine oder andere Gerücht in die Welt, entwickelten dabei aber bei weitem nicht die gleiche Ausdauer wie die Hausfrauen in der Siedlung.

Ursprünglich hatte dieser Stadtbezirk Tokios einen nördlichen und einen südlichen Teil, der nördliche Teil bestand aus den Wohnsiedlungen im Umkreis des Bahnhofs und entlang der Gleise, der südliche Teil aus der seit alters wohlhabenden Gegend entlang des Tama-Flusses. Viele der Leute in Tama wissen heute noch nicht, daß es diesen südlichen Teil gibt. Obwohl sich der nördliche Teil erst vor dreißig Jahren zu bevölkern begann, als dort die ersten Siedlungshäuser erbaut worden waren. Entlang des Tama-Flusses hingegen gibt es sogar Überreste von *Erd-*

lochwohnungen, Zeugen dafür, daß hier schon vor unvorstellbar langer Zeit Menschen wohnten. Auch der Reisanbau hat in dieser Gegend eine lange Geschichte. Bis in den sechziger Jahren der Kadmiumreis entwickelt wurde, hatte man hier unermüdlich Reis angebaut, und in der Nähe des alten Wegweisers, auf den die Aufschrift *Acht Meilen bis Nihonbashi* eingemeißelt ist, hatte es ein blühendes Herbergsviertel gegeben. Es standen hier sogar noch viele alte Häuser, die die Luftangriffe während des Kriegs überstanden hatten. In diesen südlichen Teil waren die Kinder aus der Siedlung bisher nur zum Zeichnen gekommen oder um Frösche zu beobachten, aber seit die Nachhilfeschule Kitamura eröffnet wurde, schienen sie an den Unterrichtstagen geradezu aus ihren Häusern zu flüchten, sie stürmten zum Tama-Fluß, überquerten die breite Autostraße, kamen an dem alten Shintô-Schrein vorbei, nahmen die verbotene Abkürzung durch den Pflaumengarten, schlüpften durch das Loch in der Hecke vor dem Haus der Frau Kitamura und sprangen in den Garten. Aber selbst wenn die ersten Kinder schon in ihrem Garten angekommen waren, ging Frau Kitamura noch längst nicht an ihren Tisch, um sich vorzubereiten, sondern nähte weiter Knöpfe an, las weiter in einem Buch oder schnitt sich ihre Fußnägel. Eines Tages brachten drei Schülerinnen der zweiten Klasse stolz eine Gottesanbeterin, die sie gefangen hatten, mit in die Schule. Sie fragten Frau Kitamura, die in einem abgetragenen pfirsichblütenfarbenen tank top auf ihren Fersen dasaß und etwas, das wie ein brauner Lappen aussah, auf ihre bloßen Schultern gelegt hatte:

„Frau Lehrerin, was ist das?“

Sie antwortete ruhig:

„Das ist ein Pflaster aus Hühnerdreck.“

Die Mädchen riefen:

„Pfui Teufel, wie eklig!“ Aber auch das brachte Frau Kitamura nicht aus der Ruhe, und sie sagte:

„Ich habe gestern abend im Bahnhof von Ueno zufällig einen alten Freund getroffen, als wir miteinander sprachen, ekelte es mich plötzlich, weil er so ein widerwärtiger Kerl geworden ist, ich habe ganz verspannte Schultern bekommen, was mich fast wahnsinnig macht, deshalb pflege ich mich jetzt ein wenig mit dem Dreck, den die lieben Hühner machen.“

Die Mädchen gingen ein paar Schritte näher, es stank wirklich fürchterlich, zuerst schrien sie auf, nachdem sie sich aber an den Gestank gewöhnt hatten, zog das pfirsichblütenfarbene tank top ihre Aufmerksamkeit auf sich, und sie sagten ganz ungeniert:

„Sie sollten sich ein neues kaufen, das fällt ja bald auseinander.“

Frau Kitamura antwortete mit gespielter Gelassenheit: „Das kann nicht sein, das habe ich doch erst vor sieben Jahren gekauft.“

Die Mädchen begannen höhnisch *Das fällt ja bald auseinander! Das fällt ja bald auseinander!* zu singen, aber sie wurden dessen bald müde. Nun richtete sich ihre Aufmerksamkeit auf die Brüste der Lehrerin, die das tank top kaum verbarg, und sie fragten:

„Die Jungen kommen gleich, was werden Sie dann machen?"

Mitsuko lachte und sagte:

„Das werde ich machen!"

Sie zog den rechten Träger ihres tank tops so weit herunter, daß eine der Brüste ganz sichtbar wurde.

Die Mädchen schrien zunächst zwar auf, als ob sie das furchtbar unanständig fänden, aber sie genossen dieses ungewöhnliche Schauspiel auch irgendwie, und die Lehrerin gab ihrem drängenden Rufen *Nochmal! Nochmal!* zweimal nach, dann sagte sie ihnen aber:

„Wenn ihr das so gerne seht, dann bittet doch eure Mütter darum!"

Da sie das Spiel beenden wollte, kam das Mädchen auf sie zu, das sie für die schüchternste von den dreien gehalten hatte, und zog selbst am Träger des tank tops, und als die Brust nun wie ein Kugelfisch hervorquoll, jauchzten auch die beiden anderen auf.

In diesem Augenblick stürzten die Jungen in das Zimmer. Seltsamerweise waren die Jungen von dem Anblick, der sich ihnen bot, keineswegs erfreut und flüchteten hinter die Hecke zurück, wo sie lautstark über die Mädchen lästerten und schimpften, um neuen Mut zu fassen, aber ihr Unbehagen über das, was sie beobachtet hatten, blieb, und die großen Brüste der Lehrerin gaben ihnen ein Gefühl, als seien sie betrogen worden, schließlich aber führte Frau Kitamura, die jetzt eine tadellose Bluse trug, die Knaben, die eingeschüchtert hinter der Hecke saßen, auf die niedrige Veranda an der Gartenseite zurück, wo sie sich wieder an ihre kleinen Schreibtischchen setzten, als ob nichts geschehen wäre, das stinkende Pflaster und das pfirsichblütenfarbene tank top waren vergessen.

Eines Tages bekam die dritte Klasse der Nachhilfeschule Kitamura eine neue Mitschülerin namens Fukiko. Aus irgendeinem unersichtlichen Grunde schmierten die Jungen ihre Nasenpopel auf die Hefte des Mädchens, wenn sie an ihrem Tisch vorbeikamen. Wahrscheinlich machten sie das auch in der Grundschule. Fukiko hielt dann ihren Zorn und ihre Tränen zurück. Die anderen Mädchen sahen sie nie an und sprachen auch nie mit ihr, entweder bemerkten sie nicht, was die Jungen taten, oder sie täuschten nur vor, nichts zu bemerken. Jedenfalls sagten sie nichts. Auch Mitsuko Kitamura ließ ihre feuchtglänzenden, großen Augen, die - wegen Kurzsichtigkeit oder aus Schlafmangel - die Dinge nicht klar wahrzunehmen schienen, nur ziellos durch den Raum irren. In der ersten Stunde hatte sie zum

Treiben der Jungen nichts gesagt, als ein Junge aber zum dritten Mal seinen Nasenpopel auf Fukikos Heft schmierte, ging sie plötzlich auf ihn zu, packte ihn am Arm und drückte ihn heftig gegen einen Schrank. Der Junge erschrak und schien Schläge zu erwarten, er zog seinen Kopf ein und kniff die Augen zusammen, als er sie ängstlich wieder öffnete, holte Mitsuko gerade ein blaues Heft, auf dessen Umschlag ein Fuchs gemalt war, gab es dem vor Angst erstarrten Jungen in die Hand und sagte:

„Du darfst deinen Nasenpopel nur auf dein eigenes Heft schmieren. Aber wenn du das tust, dann werden deine so mühsam geschriebenen Buchstaben unleserlich, beschmier also lieber dies Heft hier.“ Die Idee eines eigenen *Popelhefts* leuchtete auch den anderen Kindern, die auf einmal aus ihrer Verträumtheit erwachten, ein, und sie forderten nun alle lautstark *Popelhefte* für sich, aber Mitsuko hatte in ihrem Schrank nur noch ein einziges Heft, und sie mußte versprechen, in der nächsten Woche auch an die anderen solche *Popelhefte* zu verteilen. Jetzt erst trat wieder Ruhe ein.

An einem Tag in der darauffolgenden Woche hockten fünf der Mädchen nach dem Unterricht im Garten in einem Kreis und starrten auf den Boden und dachten offensichtlich nicht daran, nach Hause zu gehen, Mitsuko Kitamura fand das merkwürdig, ein genauerer Blick ergab, daß die

Mädchen zehn Ameisen beobachteten, die gerade dabei waren, eine tote Ameisenjungfer in ihr Nest zu schleppen, aber der Eingang des Nests war so eng, daß sie verzweifelt darum kämpfen mußten, ihre Last hineinzubekommen. Mitsuko sah, daß Fukiko, die sich nicht mit in den Kreis gesetzt hatte, gerade alleine heimgehen wollte, und fragte die anderen Mädchen:

„Warum redet ihr nicht mit Fukiko?"

Erst taten alle so, als hätten sie die Frage nicht verstanden, dann sagte aber eine, als wäre ihr ein Wort, das sie vergessen hatte, wieder eingefallen:

„Fukiko ist so komisch."

„Was ist denn so komisch an ihr?"

Ein anderes Mädchen antwortete:

„Sie wäscht sich die Haare nicht, manchmal trägt sie auch keine Socken..."

Das ermutigte die anderen hinzuzufügen:

„...und außerdem ist sie dick..."

„...und sie hat ein imitiertes Snoopy-Mäppchen..."

„...und sie spielt ganz miserabel Prellball..."

„...und ihr Vater soll ein komischer Typ sein..."

„...ja, er treibt sich immer in Spielhallen herum..."

Mitsuko dachte eine Weile nach, lief aber dann, ohne etwas zu sagen, in ihr Haus, betrat ein Hinterzimmer und schloß die Schiebetür hinter sich.

An einem Tag im August, kurz nach dem Beginn der Sommerferien, suchte ein sieben- oder achtundzwanzigjähriger Mann mit einem altmodischen Lederkoffer in der Hand die Nachhilfeschule Kitamura auf, er schien nicht zu schwitzen, obwohl die Sonne steil über ihm stand. Alles an ihm, sein kurzgeschnittenes Haar, sein weißes Hemd, seine Hosen mit der scharfen Bügelfalte und seine polierten Schuhe sprachen dagegen, daß er ein Freund von Mitsuko Kitamura sein könnte. Aber er hatte den Garten durch das Loch in der Hecke betreten, als kenne er hier jeden Winkel. Als er Mitsuko sah, die halbnackt und mit zerzausten Haaren ihr mountain bike reparierte, ging er ohne Zögern auf sie zu und sagte:

„Da wär' ich also."

Mitsuko riß erstaunt ihre Augen auf und vergaß, ihren Mund wieder zu schließen, und weil sie nicht wußte, was sie sagen sollte, drückte sie ihre Fingerspitzen fest gegen ihre Kehle, der Mann stellte seinen Koffer lautlos auf die Veranda, nahm seine Armbanduhr ab, schüttelte sie zwei- oder dreimal kräftig und fragte dann grinsend:

„Du hast mein Telegramm doch bekommen?"

Mitsuko begriff immer noch nicht und schaute sich ratlos um, und als sie, um wenigstens so zu tun, als würde sie nachdenken, ihre Stirn runzelte, sagte der Mann in einem noch entschlosseneren Ton:

„Nenn mich Taro. Vielleicht ist es unter den gegebenen Umständen unangemessen, meinen wirklichen Namen zu benutzen. Mir fällt aber gerade kein besserer ein."

Mitsuko, noch immer wie betäubt, nickte kurz, und der Mann ging hin zu ihr, als hätte er plötzlich einen Entschluß gefaßt, ergriff ihre Hand und sagte, als würde er einen Gast in sein eigenes Haus einladen, *Komm nur!* Dann stieg er mit ihr auf die Veranda, wobei er seine feinen Lederschuhe nicht mit den Händen aufschnürte, sondern, indem er seine Fußgelenke schüttelte, einfach von sich wegschleuderte. Aber seltsam, als Mitsuko sich danach umdrehte, standen die Schuhe ordentlich nebeneinander da. Jetzt packte der Mann mit seinen großen Händen, die weder verschwitzt noch heiß noch kalt waren, von beiden Seiten ihre Hüften, hob Mitsuko mühelos in die Luft und fragte sie noch einmal:

„Du hast mein Telegramm doch bekommen?"

Mitsuko schüttelte verwirrt den Kopf, der Mann zog sie nun aus ihren kurzen Hosen heraus, wie man einen Ball aus einem Sack holt, behielt aber selbst Hemd und Hose an, legte Mitsuko auf ihren Rücken, bedeckte formgewandt ihren Körper mit dem seinen, preßte seine Eckzähne vorsichtig an die dünnhäutigste Stelle ihres Halses und fing an, mit einem lauten Geräusch daran zu saugen, Mitsuko wurde zunächst blaß, nach einer Weile aber rötete sich unversehens ihr Gesicht, Schweiß trat auf ihre Stirn, und in ihre Vagina glitt etwas, das pflanzenhafte Biegsamkeit und Unbekümmertheit besaß, sie war perplex, versuchte sich zu befreien, wand sich, aber der Mann drehte sie um, packte mit seinen großen Händen ihre beiden Schenkel, stemmte sie spielend leicht hoch und begann, ihren Anus, der nun in der Luft zu schweben schien, genüßlich zu lecken. Die riesige Oberfläche seiner Zunge, der Speichel, der reichlich herabtropfte, und sein heftiges Atmen waren wirklich *übermenschlich,* außerdem wurden seine großen Hände, die Mitsukos Schenkel hielten, trotz der brütenden Hitze kein bißchen feucht, sie zitterten auch nicht, als sie nach ziemlich langer Zeit Mitsuko endlich freigaben, waren die schwarzen Augen, die in ihr Gesicht schauten, still, und weder auf seiner Stirn noch auf seiner Nase war auch nur ein Tropfen Schweiß zu sehen. Mitsuko berührte unwillkürlich mit ihrer Hand seine Haare, die so ordentlich aussahen, als wären sie gerade gekämmt worden, sie waren so hart wie die Borsten einer Bürste, und die Haut darunter fühlte sich fest und weich wie Kuhleder an, Mitsuko war wie betört und streichelte seinen Kopf. Eine Zeitlang schwieg der Mann mit ernster Miene, doch plötzlich ließ er Mitsuko mit ihrem nackten Unterleib alleine dasitzen, stürzte in die Küche und begann, Sojabohnensprossen zu braten.

Als Mitsuko wieder zu sich gekommen war, zog sie ihre

Hosen an und ging in die Küche, wo ein Essen vorbereitet war, die Hände des Mannes waren so groß, daß die Tassen und Schalen und Teller wie Utensilien aus einer Puppenküche aussahen, der Mann, der am Tisch saß und wartete, stieß, als er Mitsuko gewahrte, einen Freudenschrei aus und begann zu essen, er aß durchaus gesittet, zugleich aber mit einer erschreckenden Gier, Mitsuko hatte ihre Stäbchen noch nicht angerührt, da hatte er seine Schale schon einmal geleert, rasch nachgefüllt und sofort wieder leergegessen. Als Mitsuko ihn vorwurfsvoll anschaute, leckte er die Schale mit seiner großen Zunge bis zum Boden sauber, schnellte von seinem Stuhl hoch und holte aus seinem Koffer, der noch auf der Veranda stand, einen Putzlappen, mit dem er, nachdem er ihn im Spülbecken gewaschen und ausgewrungen hatte, den Flur zu wischen begann. Mitsuko ließ den Blick zwischen ihrer noch mehr als halbvollen Eßschale und dem Mann mit dem Putzlappen ziellos hin und her pendeln, bis sie plötzlich auflachen mußte, weil sie das rhythmische Auf und Ab der Gesäßmuskeln des Mannes, der da den Flur wischte, so amüsierte. Während sie lachend weiteraß, begannen die Dielen im Flur matt zu glänzen, und als Mitsuko mit dem Essen fertig war, holte der Mann einen Staubwedel aus seinem Koffer und fing an, damit alle Gegenstände im Haus abzustauben, mit Leichtigkeit entstaubte er auch die Stellen, die Mitsuko selbst, ohne auf einen Stuhl zu steigen, nicht erreichen konnte, wenn Spinnweben herunterfielen, fing er sie mit der Hand auf und verzehrte sie wie Zuckerwatte, Mitsuko hatte eine Weile reglos mitten im Staub gesessen, der in der Nachmittagssonne wirbelte und glitzerte, als der Mann einen hellblauen Klappbesen aus seinem Koffer nahm und zu kehren begann. Um nicht im Weg zu stehen, ging Mitsuko in den Garten, wo ihr Blick auf die Schläuche fiel, die noch wie Gedärme aus den Reifen ihres Fahrrads heraushingen, sie hörte, wie jemand sie grüßte:

„Guten Tag, Frau Kitamura."

Sie hob überrascht den Kopf und sah auf der anderen Seite der Hecke zwei ihrer Schüler in roten Badehosen stehen, einer von den beiden fragte:

„Wer ist das?"

Mitsuko log:

„Ein Bekannter."

Die Kinder waren mit dieser Antwort aber nicht zufrieden und fragten weiter:

„Und warum putzt er das Haus?"

Glücklicherweise rettete die Stimme eines anderen Kindes, das die beiden Jungen zu sich rief, Mitsuko aus ihrer Verlegenheit.

Die Kinder hatten den Mann aber keineswegs vergessen, im Gegenteil, einer von den beiden Jungen rannte nach Hause, hastete zwei Stufen auf einmal nehmend die Treppe hinauf, und berichtete - ohne erst zu grüßen und ohne Atem zu holen - seiner Mutter:

"Als wir auf dem Rückweg vom Schwimmbad bei Frau Kitamura vorbeigekommen sind, da hat ein Mann das Haus geputzt."

„Was für ein Mann."

Weil er darauf nicht richtig antworten konnte, sagte er nur:

„Eine Art Supermann, groß und gräßlich."

„Wie alt?"

„Zwanzig oder dreißig Jahre."

Die Mutter lachte und dachte sich, sieh da, ein Neffe von Frau Kitamura kam nach Tokio, sah den Schmutz und fegte. Dieser Sinn für Reinlichkeit ist doch bemerkenswert in einer Zeit, wo man immer nur hört, daß die jungen Leute schlampig seien, - und einer Nachbarin, die sie zufällig traf, stellte sie die Frage:

„Glauben Sie, daß männliche Singles neuerdings weiblichen Singles die Wohnung putzen?"

Die Nachbarin neigte ihren Kopf zur Seite und sagte:

„Glauben Sie wirklich, daß dieser Mann ihr Neffe ist? Vielleicht ist er ein Sozialarbeiter, den die Stadt ihr geschickt hat. Ein Ort, den so viele Kinder besuchen, muß ja schließlich sauber sein."

Und als sie so miteinander redeten, bemerkten beide, wie in ihnen Mißtrauen Fuß faßte, aber sie sprachen nicht darüber, - einige Tage später erzählten dieselben Kinder, daß sie am Abend auf dem Rückweg vom Schwimmbad denselben Mann im Garten von Frau Kitamura *jäten* gesehen hätten, das fanden alle sehr merkwürdig, und obwohl die Privatschule Sommerferien hatte, wurde in den Siedlungen häufig der Name Kitamura geflüstert, und der Ausdruck *jäten* wurde dabei auf eine Weise gehaucht, die ihm eine besondere Bedeutung zu geben schien, was nicht heißt, daß irgend jemand mit Sicherheit gewußt hätte, was dieses Wort hier eigentlich meinte, Mitsuko wußte nichts von den Gerüchten, die über sie in Umlauf waren, aber da dieselben Schüler diesen Mann, den sie sich irgendwann angewöhnt hatte, *Taro* zu nennen, zweimal hintereinander gesehen hatten, war sie sehr wohl auf Gerüchte vorbereitet. Und außerdem: als sie ihn zum ersten Mal ge-sehen hatten, hatte er ja wirklich nur geputzt, aber beim zweiten Mal hatten die Schüler ihre Köpfe durch die Hecke gesteckt, als er im Gras saß und Mitsukos Anus ge-rade mit Kleeblüten kitzeln wollte, Mitsuko, die auf dem Bauch gelegen hatte, richtete sich erschrocken auf, setzte sich so hin, daß ihr Unterleib im Gras verborgen war, und zog außerdem schnell ihr Kleid bis zu den Knien, Taro, der die Schüler wohl nicht gesehen hatte, versuchte, den Saum ihres Kleids wieder hochzustreifen, und da er die immer fassungsloseren Blicke der Schüler nicht bemerkte, hob er Mitsuko auch noch in eine Astgabel des Kirschbaums.

Der Mann war außergewöhnlich stark, und auch sein

Lebensrhythmus war ungewöhnlich, tagsüber schlief er, gegen sechs Uhr abends stand er auf und putzte das Haus, dann bereitete er ein vorzügliches Essen zu und aß es zusammen mit Mitsuko, angeregt durch das Essen wollte er dann immer mit ihr schlafen. Wenn es draußen stockdunkel war, verließ er alleine das Haus, vielleicht um irgendwo herumzustreunen, um Mitternacht, wenn Mitsuko zu Bett ging, kam er endlich ganz leise zurück, und - ohne ein Spur von Müdigkeit zu zeigen - wollte er dann noch die ganze Nacht lang mit Mitsuko schlafen, so daß sie am nächsten Morgen nicht aufstehen konnte und sich den ganzen Tag über müde und kraftlos fühlte, zwar schreckte sie immer auf, wenn ein Vertreter ungebeten in den Garten kam, aber anders als bei Taro, der, wann immer er auch aufwachte, sofort mit großen und wachen Augen in die Welt schaute und ordentlich gekämmt war, entschuldigten sich die Besucher immer, wenn sie Mitsukos wirres Haar und ihre verschlafenen und verklebten Augen sahen:

„Oh, verzeihen Sie! Ich komme wohl zur falschen Zeit."

Mitsuko wurde dann rot und suchte vergeblich nach irgendeiner Erklärung, es dauerte nicht lange, und die Kolonialwarenhändlerin aus der Nachbarschaft brachte seltsam formulierte Gerüchte in Umlauf, wie *Sie hat sich einen Kerl geangelt,* die Hausfrauen in der Siedlung fanden solche Ausdrücke vulgär und benutzten sie nicht. Aber da es auch absurd gewesen wäre, ein so erfreulich klingendes

Gerücht wie *Die Lehrerin scheint einen neuen Freund zu haben* zu verbreiten, mußte ihnen - ob sie wollten oder nicht - ein vages *In dem Haus der Lehrerin soll ein junger Mann wohnen* genügen. Alle wollten diesen Mann einmal mit eigenen Augen sehen, aber da die Nachhilfeschule wegen der Ferien geschlossen hatte und die Mütter keinen Grund fanden, in den südlichen Teil der Stadt zu gehen, schickten sie ihre Kinder ins Schwimmbad und beauftragten sie, auf dem Rückweg Frau Kitamura zu grüßen, oder sie ließen ihr Kuchen bringen, aber auch die Kinder selbst, die anscheinend arglos die Aufträge ausführten, waren gierig danach, sich Taro anzuschauen, und wenn sie ihn sahen, klopfte ihr Herz, als würden sie etwas sehen, was sie eigentlich nicht sehen dürften. Auch wenn sie nicht beobachten konnten, wie er sich mit der Lehrerin beschäftigte, wenn sie Taro nur träge auf einem Stein in der Ecke des Gartens dasitzen sahen, raste ihnen das Herz. Ja, einige Kinder warfen nicht nur einfach auf dem Rückweg vom Schwimmbad auch noch einen Blick in Mitsukos Haus, sondern gingen überhaupt nur ins Schwimmbad, um Taro sehen zu können.

Taro bemerkte es nie, wenn die Kinder ihn beobachteten, zwar wurde er immer unruhig, wenn sich eine Katze oder ein Hund in den Garten verirrte, aber Menschen schienen ihn nicht zu kümmern, er ignorierte sie. Eines Tages begann Mitsuko, sich über die Zukunft ihrer Schule

Sorgen zu machen, was sollte sie tun, wenn die Schule Ende August wieder anfing. Sie brauchte die Schule, um ihren Lebensunterhalt zu verdienen, sie schaute auf die Uhr, es war schon nach fünf, sie richtete sich auf und sah sich um, plötzlich stand Taro vor ihr, er vergrub seinen Kopf in ihren Schoß, schien daran zu riechen, sie konnte nur das Atmen seiner Nüstern hören, nach einer Weile wurden ihre Beine taub, sie bewegte ihre Hüften ein wenig und wollte aufstehen, doch Taro hielt sie fest und ließ sie sehr lange nicht aufstehen. Schließlich wurde Mitsuko seiner überdrüssig, aber Taro schien es nicht langweilig zu werden, diesen Duft, den er so liebte, einzuatmen, wie es ihm überhaupt nie langweilig wurde, obwohl er nicht zur Arbeit ging und außer Kochen, Putzen und Waschen nichts tat. Er las nichts, und er saß auch nie vor dem Fernseher. Seine einzige Leidenschaft bestand darin, Mitsukos Geruch durch seine Nase einzusaugen, und wenn er einmal angefangen hatte, konnte er über eine Stunde lang damit weitermachen, anfangs langweilte sich Mitsuko dabei, aber nach und nach bemerkte sie, daß sie immer ein bißchen schwitzte und daß ihr Schweiß nicht etwa geruchlos war, sondern ein leichtes Aroma von Seetang, Muscheln, Zitrusfrüchten, Milch und Eisen hatte, und daß ihr Geruch auf delikate Weise mit ihren Stimmungen zusammenhing, war sie zum Beispiel überrascht, strömte, wie sie jetzt entdeckte, ihr Körper einen entsprechenden

Geruch aus, und immer wenn sie diesen Überraschungsgeruch wahrnahm, wußte sie: jetzt bin ich überrascht...

Seltsamerweise empfand Taro nichts für Brüste, er berührte Mitsukos Brüste nie, auch an Küssen hatte er kein Interesse, aber er wollte - wie ein Vampir - an Mitsukos Hals saugen, der bald voller rotvioletter radförmiger Flecken war, die Mitsuko mit einem indischen Baumwollschal zu verstecken versuchte, den sie sich trotz der Hitze umwickelte, sie schwitzte, im Spiegel sah sie, wie rot und geschwollen ihr Gesicht war, ihre Nase war runder geworden, ihre Lippen spröde, noch nie in ihrem Leben war sie sich so häßlich vorgekommen, sie fragte sich, ob sie auch das Taro zu verdanken hätte, denn vielleicht wurde man ja häßlich, wenn man von jemandem so heftig geliebt wurde, wie dem auch sei, Taro schaute sie wenigstens nicht wie die anderen Menschen mit einem kalten, wertenden Blick an. Aber während Mitsukos Selbstbewußtsein jeder Bewertung gewachsen war, ließ Taro ihr, wenn er plötzlich vor ihr stand und ihre Hüften packte, nicht einmal Zeit, ihr Gesicht unter Kontrolle zu bringen.

Eines Tages besuchten sieben oder acht Mütter zusammen mit ihren Kindern, die Schüler der dritten Klasse waren, Mitsuko. Sie brachten ihr Wassermelonen mit, angeblich kamen sie gerade von einem Ausflug zurück, Mitsuko bereitete schnell etwas Gerstentee, verteilte Sitzkissen und sah sich verlegen im Zimmer um, aber dank Taro war das ganze Haus aufgeräumt und sauber, auch die Teetassen strahlten wie Kristall, dennoch fragte sich Mitsuko ängstlich, was geschehen würde, wenn Taro, der im Hinterzimmer schlief, plötzlich aufwachen und hereinkommen würde. Außerdem schienen ihr diese Mütter, die so urplötzlich bei ihr aufgetaucht waren und sich so vornehm gaben, stinkende Monster zu sein. Die Gerüche von Schweiß, Parfüm, gesalzener Sojabohnenpaste, Waschmittel, Blut, Zahnputzpulver, Insektenvertilgungsmittel, Kaffee, Fisch, Grippemittel, Heftpflaster und Nylon vermengten sich in ihrem Kopf zu einem irren Wirbel. Vor allem aber war sie ihrer eigenen Gefühle nicht mehr sicher, weil sie den Geruch des Schweißes, der dünn ihre Haut bedeckte, nicht mehr riechen konnte. Obwohl sie angesichts dieser Frauen, die über sie hergefallen waren, doch ein großes Unbehagen empfinden mußte, fehlte der Geruch, der ihre Empfindung bestätigt hätte. Dies verstärkte ihre Verlegenheit. Mitsuko vermied es, durch die Nase einzuatmen, pflichtete allem bei, was die anderen sagten, dachte, hoffentlich gehen sie bald heim, und als die Wanduhr sechsmal schlug, öffnete sich eine Schiebetür - und Taro erschien.

Sein Bademantel stand weit offen. Die Mütter taten natürlich so, als würden sie nichts sehen, nur einem der

Kinder entfuhr bei diesem Anblick ein vieldeutiges:

„Cool!"

Taro, der nichts gehört zu haben schien, reagierte nicht darauf. Eine der Mütter flüsterte kaum hörbar:

„Das ist doch der junge Iinuma..."

Dann brach sie ab, Mitsuko schlug das Herz bis zum Hals, aber die anderen Mütter hatten anscheinend nichts gehört und riefen wie im Chor:

„Es ist höchste Zeit, daß wir gehen."

- Als hätten sie gewußt, zu welcher Tageszeit Taro aktiv wurde. Mitsuko wollte *Nein, bleiben Sie doch noch* sagen, statt dessen biß sie sich aber aus Versehen auf die Zunge, Taro stand steif und stumm da, eine peinliche Stille verbreitete sich, nach einer Weile standen die Mütter auf und machten Anstalten, das Haus zu verlassen, dabei beobachteten sie den schweigsamen und unmanierlichen Taro aus ihren Augenwinkeln. Die Mutter mit Namen Orita, die vermutet hatte, er sei der junge Iinuma, heftete furchtsam ihren Blick auf ihn, so wie eine Fliege eine angreifende Biene fixieren würde, und rannte dann aus dem Zimmer wie auf der Flucht, sie war als erste wieder draußen. Mitsuko stand, nachdem sie die anderen hinausbegleitet hatte, eine Zeitlang gedankenverloren in der Tür, aber als sie hörte, daß Taro die Tassen spülte, kam sie wieder zu sich und versuchte, mit einem Fächer die Gerüche zu vertreiben, einige Male hielt sie dabei inne, um nachzudenken.

Eine Weile, nachdem Taro so wie immer mit Mitsuko geschlafen hatte und aus dem Haus gesprungen war, klingelte das Telefon.

Es war Frau Orita:

„Wegen der vielen Leute konnte ich vorhin nicht mit Ihnen sprechen. Ich habe heute zum erstenmal diesen Mann gesehen, von dem man sagt, daß er bei Ihnen wohnen soll. Er sieht Herrn Iinuma ähnlich, einem Untergebenen meines Mannes, den er sehr gefördert hat und der vor drei Jahren plötzlich verschwunden ist. Ich dachte, vielleicht ist dieser Mann Herr Iinuma, falls er es wirklich ist, möchte ich es seiner armen Frau sagen, die ihn immer noch liebt und unentwegt nach ihm sucht..."

Mitsuko hatte erst nur abweisend *ja ja* gesagt, aber dann wurde ihr immer beklommener zumute, bis sie schließlich kein Wort mehr über die Lippen brachte.

„Auf jeden Fall werde ich mit Frau Iinuma reden und ihr vorschlagen, sich den Mann einmal mit eigenen Augen anzuschauen."

Auf eine solche Unverschämtheit konnte Mitsuko nicht antworten, nicht einmal mit einem *Lassen Sie das sein!* Frau Orita fragte sie:

„Übrigens, woher kennen Sie ihn eigentlich?"

Weil sie ihr nicht die Wahrheit sagen konnte, behauptete Mitsuko:

„Es war ein purer Zufall, er ist mir von jemandem vorgestellt worden und hat mich gefragt, ob ich ihm ein Zimmer vermieten kann."

Frau Orita begann nun unvermittelt, den Charakter des Herrn Iinuma zu beschreiben. Mitsuko sagte mehrmals:

„Es ist zwar nicht sehr höflich, wenn ich das sage, aber mich interessiert nicht, was für ein Mensch er ist, ich möchte es wirklich nicht wissen."

Sie wollte den Hörer auflegen, hielt ihn aber kraftlos wieder an ihr Ohr, stützte den Kopf auf ihre linke Hand, schloß die Augen und war bereit, das Geschwätz der Frau Orita geduldig bis zum Ende des Gesprächs zu ertragen. Mitsuko erfuhr von Frau Orita, daß Taro Iinuma eine Universität in Tokio besucht hatte und dann in die Chemiefirma, in der auch Herr Orita arbeitete, eingetreten war. Er gefiel Herrn Orita von Anfang an, wenn es auch keinen besonderen Grund dafür gab, aber vielleicht lag es an Iinumas arglosem Charakter, an seiner Fähigkeit, *Da haben Sie ganz recht* sagen zu können, Orita hatte seiner Frau zum Beispiel erzählt, daß Iinuma einmal, kurz nachdem er seine Stellung angetreten hatte, auf dem Parkplatz der Firma - gegen ein Auto gelehnt - sich einen Schuh ausgezogen und seine Sohle mit einem Taschentuch abgewischt hatte, auf das ein Veilchen gestickt war. Als Herr Orita ihn fragte, was denn passiert sei, hatte Iinuma geantwortet:

„Ich bin auf einen Regenwurm getreten und habe mir

einen Schuh schmutzig gemacht."

Orita hatte seinen Blick über den grauen Asphalt des Parkplatzes wandern lassen und in einem gereizten Ton gesagt:

„Aber hier gibt es doch gar keine Regenwürmer."

Iinuma hatte entgegnet:

„Da haben Sie ganz recht" -
und artig damit aufgehört, seinen Schuh abzuwischen. Wahrscheinlich, so meinte Orita später, war er in Hundeexkremente getreten und konnte das aber aus irgendeinem Grund nicht sagen und mußte deswegen lügen, der arme Mensch. Der arme Mensch Iinuma ist von seinen Kollegen oft für dumm verkauft worden. In dem Jahr, in dem er in die Firma eingetreten war, benutzte er nie die firmeneigenen Bleistifte, sondern brachte wie ein Grundschüler immer sein eigenes Bleistiftmäppchen mit zur Arbeit, alle fanden das merkwürdig und fragten Iinuma nach dem Grund seines Verhaltens, weil sie von ihm aber nichts erfahren konnten, spotteten sie:

„Er möchte eben keine Bleistifte ohne *Miss Kitty*-Bildchen benutzen."

Eines Tages ging Orita mit Iinuma etwas trinken, als sich ihre Stimmung ein wenig gelöst hatte, fragte Orita nach der Sache mit den Bleistiften, er schickte aber voraus, daß Iinuma nicht zu antworten brauche, wenn er nicht wolle. Unter der Bedingung, daß Orita es keinem anderen weitererzähle, gab Iinuma ihm den *Grund* seines Verhaltens preis: *Misako Kaneko, die Frau, die mir bei der Arbeit gegenübersitzt, hat die Angewohnheit, immer wenn niemand schaut, auf ihrem Bleistift zu kauen, schlimmer, sie läßt ihre Bleistifte oft irgendwo liegen und leiht sich dann meinen aus, dann kommt sie und sagt Hier bringe ich ihn wieder, legt aber einen ihrer eigenen Bleistifte auf meinen Tisch. Weil alle Bleistifte der Firma gleich aussehen, besteht immer die Möglichkeit, daß man gerade einen benutzt, auf dem Misako gekaut hat.* Schon der Gedanke daran verursachte Iinuma ein unerträgliches Jucken der Handfläche.

„Ist doch beneidenswert, Bleistifte zu benutzen, auf denen junge Frauen herumgekaut haben. Sind darauf Schleim und Zahnabdrücke?"

Die Anspannung in Iinumas Gesicht wurde noch stärker, Orita sah ein, daß ihm mit Scherzen nicht zu helfen war, und versuchte es jetzt mit einem ernstgemeinten Ratschlag:

„Da hilft nur eines. Sie müssen sich ein dickeres Fell zulegen."

Iinuma sagte nun in dem für ihn bezeichnenden Ton:

„Da haben Sie ganz recht."

Vom nächsten Tag an brachte er seine eigenen Bleistifte nicht mehr mit zur Arbeit, Orita fühlte sich erleichtert und war stolz darauf, daß Iinuma seinen Rat befolgt hatte, Iinuma gefiel ihm jetzt noch besser. Danach passierten noch allerlei ungewöhnliche Dinge. Eine Zeitlang zum Beispiel rutschte Iinuma oft unruhig auf seinem Stuhl hin und her, seine Kollegen zwinkerten sich vielsagend zu und lachten über sein Verhalten, obwohl sie selbst fanden, daß man das eigentlich nicht tut, Orita konnte das nicht mitansehen und bot Iinuma an, ihm einen Arzt vorzustellen, den er konsultiert hatte, als er einmal an Hämorrhoiden litt, aber Iinuma sagte, daß er nicht an Hämorrhoiden litte, nein, nicht an Hämorrhoiden, aber wegen seiner leicht entzündlichen Haut am Po habe er sich auf den harten Toilettensitzen in der Firma einen Furunkel zugezogen, Orita war verwirrt und ließ sich von seiner Frau darüber belehren, daß es Plastiktüten in Form von Kniestrümpfen gäbe, die man über Toilettensitze ziehen könne. Als er diesen Hinweis an Iinuma weitergab, sagte dieser etwas überrascht:

"Da haben Sie ganz recht."

Er machte dieses Produkt tatsächlich ausfindig, kaufte und benutzte es. Vor vier Jahren hatte Iinuma Yoshiko geheiratet, eine dünne, fuchsartige Frau mit einer leisen Stimme, die in derselben Abteilung arbeitete wie er, sie war vier Jahre jünger als Iinuma und hatte die Oberschule absolviert. Orita war sich sicher, daß sie den zartfühlenden Iinuma nicht verletzen würde, er wußte zwar nicht, wie dieser selbst über eine Heirat dachte, hatte aber den Eindruck, daß - anders als Yoshiko, die sich darauf zu freuen schien - Iinuma sich etwas unbehaglich fühlte. Orita fürchtete, daß Iinuma eigentlich eine andere Frau liebte und von Yoshiko, die seine Schwächen kannte, zu einer Heirat überredet worden sei. Einige diskrete Nachforschungen hatten jedoch ergeben, daß dem nicht so war, so blieb Orita nichts anderes übrig, als der Sache ihren Lauf zu lassen, die Hochzeit verlief auch ohne Zwischenfälle, und eine Zeitlang geschah nichts Ungewöhnliches, aber nach einem Jahr verschwand Iinuma plötzlich, ohne der Firma oder Yoshiko irgend etwas zu sagen.

Es ist durchaus nicht so, daß Orita nach Iinumas Hochzeit keine Gelegenheit mehr gehabt hätte, mit ihm zu reden, aber in diesem Jahr mußte er sehr viel arbeiten, und wenn sie, was ein- oder zweimal geschah, miteinander ausgingen, war Iinuma sehr schweigsam, nur ein einziges Mal hatte er kurz über Yoshiko geredet, und dies nur, weil Orita ihn gefragt hatte:

„Yoshiko ist doch sicher eine gute Ehefrau, oder?"

Iinuma hatte ein wenig widerstrebend geantwortet:

„Manchmal, wenn ich nach Hause komme, ist meine Zahnbürste in kleine Stücke zerbrochen. Wissen Sie, auch kleine Frauen sind sehr stark." Um die rechten Worte verlegen, versuchte Orita, ihm Mut zu machen:

„Das ist doch wenigstens etwas, worauf man sich verlassen kann!"

Iinuma ließ jetzt seinen Kopf hängen und sagte:

„Mögen Sie Suppe mit gebackenen Tofu-Würfeln? Ich nicht."

„Wenn Yoshiko dir immer wieder Suppe mit gebackenen Tofu-Würfeln macht, obwohl du sie nicht magst, dann mußt du es ihr ganz klar sagen. Du brauchst da nicht den Mund zu halten."

„Nein, nein. Yoshiko macht mir nie Suppe mit Tofu-Würfeln. Es ist nur so, daß..."

Iinuma versagte die Stimme, Orita wartete betont geduldig auf die Fortsetzung.

„...ja, sie selbst riecht danach. Ich habe mit allen Gerüchen Schwierigkeiten, außerdem hasse ich es, mit einem anderen Lebewesen, und sei es ein Hamster, zusammen in einem engen Zimmer zu schlafen. Man hört das Atmen. Ich brauchte nur zu hören, wie der Atemrhythmus des anderen sich von meinem unterschiede, und schon fiele es mir schwer, überhaupt weiterzuatmen."

Spätestens an dieser Stelle der Geschichte war es Mitsuko klar, daß ihr Taro eine andere Person als dieser Iinuma war, denn ihr Taro liebte Gerüche so über alle Maßen, daß er ohne Gerüche nicht hätte leben können, und erleichtert sagte sie zu Frau Orita:

„Ja, dann gehen Sie doch zu Yoshiko und richten Sie ihr aus, daß sie jederzeit zu mir kommen kann, um herauszufinden, ob dieser Mann ihr Mann ist oder nicht."

Frau Orita war nun ihrerseits über den sicheren Ton in Mitsukos Stimme enttäuscht, rief aber doch sofort Yoshiko an, erklärte ihr den Weg zu Mitsukos Haus und ermunterte

sie hinzugehen. Aber auch Yoshiko fragte nur ganz ruhig:
„Ißt Frau Kitamura gerne Obst? Was sollte ich ihr denn als Geschenk mitbringen?"
Da Yoshiko sich für solch unwichtige Dinge interessierte, fühlte Frau Orita sich um ihre Erwartungen betrogen.

An einem Abend Ende August ging Yoshiko zum Haus von Mitsuko Kitamura, der Himmel war dick aufgeschwollen und schien jeden Augenblick platzen zu wollen, und bald vernahm man auch aus der Ferne das Löwengebrüll eines Gewitters, es wurde dunkel und durch das Loch in der Hecke sprang ein kleiner, magerer Körper, dessen Augen leuchteten. Mitsuko dachte zuerst, daß es ein Kind sei, aber vor ihr stand eine etwa fünfundzwanzigjährige Frau. Sie wandte sich, nachdem sie einen kurzen Blick auf Taro geworfen hatte, der faul in einer Ecke saß und in den Himmel schaute, mit einem gaffenden Blick Mitsuko zu und sagte mit einer Verbeugung:
„Ich bin Yoshiko."
Als Mitsuko sie hastig aufforderte, doch hereinzukommen, fielen die ersten dicken Regentropfen vom Himmel, Taro erhob sich langsam und ging ins Haus, er schaute Yoshiko eine Weile an, aber da sein Gesichtsausdruck sich dabei nicht veränderte, war Mitsuko beruhigt, Taro konnte also nicht Iinuma, der Mann von Yoshiko, sein, Mitsuko goß Gerstentee in ein Glas und reichte es Yoshiko, die ihre

Augen nicht von Mitsuko abwandte, und auch als Taro aufstand, in eines der hinteren Zimmer ging und die Schiebetür zumachte, drehte sie sich nicht nach ihm um. Draußen regnete es immer heftiger, Mitsuko wollte gerade die Fensterläden schließen gehen, da sprang Yoshiko auf und packte sie, sie packte ihre beiden Fußgelenke mit einer so außergewöhnlichen Kraft, daß Mitsuko auf den Boden stürzte, sie sah in Yoshikos Augen und erschrak darüber, wie ähnlich sie Taros Augen waren. Yoshiko preßte Mitsuko auf den Boden, zerrte an dem Schal, den sie sich um den Hals gewickelt hatte, roch an den roten, kreisförmigen Flecken, die darunter versteckt waren, und fragte dann streng:

„Hast du das Telegramm erhalten?"

Als Mitsuko wie ein verängstigtes Kind den Kopf schüttelte, ließ Yoshiko sie los, holte - während Mitsuko sich wieder aufrichtete - eine blaue Visitenkarte aus ihrer Handtasche und sagte in einem befehlenden Ton:

„Komm morgen zu mir!"

Mitsuko brachte nicht einmal ein *Ich will nicht!* heraus. Sie sah nur, daß die Veranda inzwischen vom Regen naß geworden war, und wie die Abendsonne langsam zwischen den Wolken hervorkam und die Regentropfen beleuchtete. Als sie sich wieder besonnen hatte, war Yoshiko schon nicht mehr da. Als Mitsuko ihren Körper, der wie gefesselt gewesen war, wieder bewegen konnte, öffnete sie die Schiebetür, um nachzusehen, was Taro im Hinterzimmer machte, aber er war nicht da.

Am nächsten Tag ging Mitsuko, wie sie es versprochen hatte, zu Yoshiko, die in einer Siedlung in einem anderen Stadtteil wohnte. Abgesehen davon, daß sie rot angestrichen waren, sahen die Häuser hier genauso aus wie die, in denen Mitsukos Schüler wohnten. Sie folgte den Nummern 1-7-6-4. Auf der Suche nach Yoshikos Zimmer stieg sie eine Treppe hinauf, blieb vor einer der Türen, die alle gleich waren, stehen und drückte auf den Klingelknopf, Yoshiko war heute, anders als gestern, eine unauffällige Frau mit glanzlosen Augen. Mitsuko trat ohne zu zögern ein und schaute sich in dem Zimmer um, in dem es nach gebackenem Tofu roch, aber es gab da nichts, was den Blick besonders anzog, ungewöhnlich war nur ein gedrehtes Strohseil, wie man es in Shintô-Heiligtümern finden kann, das auf den Schrank lag. Als Mitsuko es ohne großes Interesse betrachtete, bemerkte sie, daß Yoshiko hinter ihr stand und grinste.

Yoshiko äußerte ihre Überzeugung, daß der Mann, den sie am Tag vorher gesehen hatte, tatsächlich *ihr* Mann sei. Aber anders als Frau Orita es annähme, sei sie über das plötzliche Verschwinden ihres Mannes vor drei Jahren gar nicht überrascht gewesen, und es sei auch falsch zu meinen, sie hätte die ganze Zeit keinerlei Hinweise auf seinen

Aufenthaltsort gehabt. Nein, sie habe ihren Mann von Zeit zu Zeit gesehen und habe auch gewußt, daß er neuerdings gerne zusammen mit Toshio Matsubara das Nachtleben genoß, sie habe Matsubara getroffen und sei von dessen unauffälliger, aber nicht langweiliger Art sehr angetan gewesen. Aber es mußte ja außerdem auch noch eine Frau geben, mit der ihr Mann sich tagsüber amüsierte, und gerade als sie sich entschlossen hatte, diese Frau einmal aufzusuchen, habe ihr Frau Orita Gelegenheit dazu verschafft, und so sei es so gekommen und so geworden, Mitsuko war, als sie dies hörte, entsetzt. Toshio Matsubara war Fukikos Vater, Fukikos Mutter war vor einigen Jahren an einer Krankheit gestorben, und da der Vater Fukiko nun alleine erzog, hatte er sie begleitet, als sie sich in der Schule anmeldete. Mitsuko hatte ihn als untersetzten Mann mit einem schwammigen Gesicht, von dem man erwartete, daß es gleich in Tränen ausbrechen würde, in Erinnerung. Er lispelte ein wenig, vielleicht weil ihm der rechte Eckzahn fehlte. Seine Art zu reden machte Mitsuko ein wenig ungeduldig, da er ihr aber vorbehaltlos zu vertrauen schien und sie überaus höflich bat, sich um seine Tochter zu kümmern, gab Mitsuko ihre Vorbehalte auf und plauderte mit ihm über die verschiedensten Dinge, von der Lebensweise der Krokodile bis zum Hausbau in Indonesien. Es stellte sich dabei heraus, daß er viele interessante Dinge wußte, später hörte Mitsuko von anderen Leuten, daß er auch in seiner Arbeit ziemlich tüchtig sei, jedenfalls keiner, von dem man erwarten würde, daß er das *Nachtleben genießt.* Weil Mitsuko nicht verstand, was Yoshiko damit hatte sagen wollen, fragte sie:

„Meinen Sie mit *er genießt das Nachtleben,* daß er sich mit Frauen vergnügt?"

Yoshiko entgegnete bestimmt:

„Nein, nein, die Männer bleiben immer unter sich."

„Worin besteht denn dann ihr Vergnügen?"

Da Yoshiko nur heftig auflachte, verzichtete Mitsuko darauf, weitere Fragen zu stellen, und schwieg.

Nun begann Yoshiko aber, seltsame Dinge zu sagen:

„Er ist schon gar nicht mehr der Taro Iinuma, der mein Mann war. Mein Mann haßte es, die Haut anderer Menschen zu berühren, er war eher ein nervöser und verweichlichter Typ, ich hätte mich inzwischen wahrscheinlich schon längst von ihm scheiden lassen. Auch wenn der jetzige Taro noch eine große Vorliebe für Sauberkeit hat, so ist er trotzdem ein ganz anderer Mensch. Kurz bevor mein Mann verschwand, ist nämlich etwas passiert, das vielleicht der Anlaß für seine Verwandlung war. Taro ist zwar nicht mehr der, der mein Mann war, es gibt jedoch auch einige Gründe, die mich zögern lassen, ja verbieten, dies einfach so zu sagen. Jedenfalls habe ich begriffen, daß ich die gleichen Techniken beherrschen und die gleichen Kräfte besitzen muß wie er, wenn ich es noch einmal mit ihm versuchen will, daher habe ich auch angefangen, Kampftechniken zu erlernen, und mittlerweile finde ich das Training so interessant, daß ich die Zuneigung zu meinem Mann darüber vergessen habe."

Mitsuko fragte verlegen:

„Meinen Sie mit Training Aikido oder etwas Ähnliches?"

Yoshiko hob Mitsuko unglaublich flink in die Höhe und setzte sie auf den Tisch. Die so auf den Tisch plazierte Mitsuko ruderte mit Armen und Beinen hilflos in der Luft und versuchte, möglichst schnell wieder vom Tisch herunterzukommen. Dabei stieß sie mit dem Knie gegen die Wand, und fast im selben Augenblick, in dem sie *Au!* schrie, hatte sich Yoshiko wie ein Oktopus an ihr festgesaugt und sog geräuschvoll den Schmerz aus ihrem Knie.

Als Yoshiko sagte: „Es kommt mir so vor, als würde ich selbst nach und nach zu Taro werden", errötete Mitsuko und streichelte sich das Knie, und Yoshiko erzählte von jenem Ereignis vor drei Jahren, das die Verwandlung Taros bewirkte.

Vor drei Jahren hatte auf dem Hügel in ihrer Nähe, als dort noch keine Häuser standen, ein Restaurant eröffnet. Taro und Yoshiko tranken dort an einem Sonntagnachmittag Tee und aßen Käsekuchen, dann kauften sie sich noch Steaks und Soße für Zuhause. Während sie auf der Rückseite des Hügels einen einsamen Waldweg entlangschlenderten, der zum Bahnhof einer Privatlinie führt, hörten sie hinter sich plötzlich ein seltsames Geräusch, das von einem Motor zu kommen schien, sie drehten sich um, konnten aber außer einem Stapel Röhren, der auf einer kleinen Lichtung lag, die in den Wald geschlagen worden war, nichts Verdächtiges entdecken. Nach einiger Zeit bogen sie in eine schmale Straße ein, und wieder hörten sie dieses vermutlich von einem Motor stammende Geräusch, diesmal kam es von mehreren kleinen Lichtungen auf beiden Seiten der Straße her, auf denen hüfthoch Unkraut wucherte. Als Yoshiko flüsterte:

„Was ist das?"

stürzte ein Pulk von Hunden hervor. Es waren Zwerghunde, deshalb fürchtete Yoshiko sich zunächst nicht. Aber dann dachte sie sich *Sie tragen keine Halsbänder, es müssen wilde Hunde sein, und wie sie jaulen!* Da sprang einer von ihnen Taro an, und als Taro aufschrie, fielen auch die anderen über ihn her, und auch als er die Tüte mit dem Steak weit von sich weg warf, lief nur einer der Hunde ihr nach, die anderen hingegen klammerten sich an seinen Beinen fest und ließen sich nicht mehr abschütteln. Das Geräusch von reißendem Hosenstoff vermischte sich mit den Schreien Taros *Aufhören! Laßt los! Ihr seid schmutzig!* Yoshiko rannte entsetzt weg und rief von einem Telefonhäuschen aus die Polizei an und wartete, bis die städtischen Hundefänger mit ihren Stöcken und Netzen kamen, und führte sie an den Ort des Geschehens, wo aber kein Hund mehr zu sehen war. Nur Taro lag am Straßenrand. Er wurde mit dem Wagen sofort in ein nahegelegenes Krankenhaus gebracht. Die Untersuchung ergab, daß er an den Beinen fünfzehn oder sechzehn Bißwunden hatte, die aber nicht sehr tief waren, und da er auch nicht mit Tollwut infiziert war, dachte Yoshiko, als er wieder zu Bewußtsein kam, *Er hat Glück gehabt!* Aber es dauerte nicht lange, da kam noch vor Taros Mutter eine aufgeregte Frau, die vorgab, daß sie Taros Großmutter sei, mit einem Taxi am Krankenhaus an und sagte mit Tränen in den Augen:

„Es ist aus mit ihm. Etwas Böses hat von ihm Besitz ergriffen."

Die Mutter, die ein wenig später eintraf, entschuldigte sich verlegen für das Verhalten der Großmutter:

„Kümmern Sie sich bitte nicht um das, was sie sagt. Sie war schom immer sehr abergläubisch, aber kürzlich hat sie sich auch noch von einer neuen Sekte einfangen lassen, und jetzt redet sie nur noch Unsinn."

Als Yoshiko dies hörte, wurden ihre Ohrläppchen plötzlich ganz kalt. Sie rüttelte Taro wach:

„Du wirst doch jetzt nicht zu einem Sonderling werden!?"

Aufgeschreckt von Yoshikos heftigem Ton fuhr Taro hoch, sagte aber nichts, Yoshiko, die ihre Erregung bisher unterdrückt hatte, geriet jetzt außer sich:

„Warum sagst du nichts? Bist du stumm geworden?“

Dies bewirkte aber, daß Taro tatsächlich nicht mehr sprechen konnte. Yoshikos Zorn wuchs fortan von Tag zu Tag, sie begann, mit Teetassen und anderen Gegenständen nach Taro zu werfen, schließlich verließ Taro das Haus. Nicht, daß er weit weggegangen wäre. Yoshiko sah ihn hin und wieder im Park und vor dem Bahnhof, jedesmal wirkte sein Körper sehniger, der Glanz seiner Augen wurde stärker, seine Bewegungen wurden immer flinker, und wenn Yoshiko ihn ansprechen wollte, war er meistens schon verschwunden. Irgendwann hatte er seine Arbeit aufgegeben, als Herr Orita besorgt bei Yoshiko anrief, sagte sie weinend:

„Er ist verschwunden. Ich weiß nicht, wo er ist.“

Aber sie weinte nicht, weil sie traurig war, vielmehr wollte sie nicht, daß die Leute sie fragten, warum sie bis jetzt über Taros Verschwinden nichts habe verlautbaren lassen, und schlüpfte daher in die Rolle einer Frau, die vor lauter Kummer nicht mehr ein noch aus weiß, aber ihr wirkliches Gefühl war nicht Trauer, sondern Eifersucht, die aus ihrem Zorn auf Taro hervorgegangen war, denn während Taro immer kräftiger zu werden schien, waren ihre eigenen Bewegungen langsam, unbeholfen und reizlos geworden, daher hatte sie auch mit dem *Training* angefangen.

Mitsuko verstand nicht recht, was es mit Taros und Toshios *Nachtleben* und Yoshikos *Training* auf sich hatte, aber wieder zu Hause sah sie Taro mit neuen Augen. Der Gedanke, daß er ein ehemaliger Firmenangestellter war, dämpfte die Bezauberung, die sie früher bei seinem Anblick empfunden hatte, außerdem begann am ersten September auch die Schule wieder. Mitsuko arbeitete jeden Tag von mittags bis abends mit ihren vielen Schülern, Taro ging mittags aus dem Haus und kam bis abends nicht zurück. Das war Mitsuko auch lieber so, denn sie empfand es als irgendwie bedrückend, wenn sie Taro im Sonnenlicht sah, im dunklen Haus, am Abend, war es besser, ja, es kam sogar so weit, daß Mitsuko zu jeder anderen Tageszeit Taro in ihrem Leben nicht mehr duldete.

Fukiko gegenüber entwickelte sie besondere Gefühle, bis zum Sommer hatte sie nur gemeint, Fukiko vor den Hänseleien der anderen schützen zu müssen, jetzt aber kämmte sie ihr Haar, schnitt ihre Nägel und ließ sie eine Stunde früher kommen, um sie alleine unterrichten zu können, daß Fukiko aber trotzdem hinter den Leistungen der anderen Schüler zurückblieb, ärgerte sie so, als ginge es um sie selbst. Fukiko ihrerseits fand Mitsukos Aufmerksamkeit unheimlich. Als sie eine Stunde früher kommen sollte, log sie anfangs, daß sie etwas zu tun habe, und lehnte ab. Nach dem Unterricht lief sie absichtlich schnell nach Hause, um nicht von Mitsuko angesprochen zu werden, trotzdem hielt Mitsuko sie eines Tages fest und fragte sie:

„Wo ißt du abends denn immer?"
„Mein Vater gibt mir Geld..."
Mitsuko war mit dieser Antwort nicht zufrieden:
„Was kaufst du mit diesem Geld?"
„Gebratenes Hühnchen, cheeseburger..."
Da Mitsuko angeekelt einen Seufzer ausstieß, schämte Fukiko sich schrecklich und begann zu weinen. Als Mitsuko sagte:
„Ab morgen ißt du bei mir!"
freute sie sich zwar überhaupt nicht darüber, war aber außerstande zu sagen, daß sie nicht wolle, und begann wieder zu weinen, als Mitsuko ihr die Tränen abwischte, die gar nicht zu fließen aufhören wollten, war Fukiko plötzlich alles gleichgültig, das Gefühl, Widerstand leisten zu müssen, wurde schwächer, sie drückte ihr Gesicht an Mitsukos Brust und schluchzte, und da ihr Vater, der Menschen haßte und ihr gesagt hatte, sie solle mit Fremden nicht verkehren, sich niemals abfällig über Mitsuko geäußert hatte, glaubte Fukiko auch nicht, etwas Falsches zu tun. Sie änderte ihr Verhalten und ließ sich von Mitsuko umsorgen.

Fukiko ging nun nach der Schule zu Mitsuko und aß das von Taro zubereitete Abendessen, wenn Taro dann das Haus verließ, ging sie, außer mittwochs, wenn die Kinder ihrer Klasse in die Schule kamen, nach draußen spielen oder zog sich in das hintere Zimmer zurück, und machte sich - als hätte sie einen sechsten Sinn - etwa fünf Minuten, bevor Taro zurückkam, auf den Weg nach Hause. Sie hatte sich sehr schnell an dieses Leben gewöhnt, und obwohl sie kein besonders glückliches Gesicht machte, wenn sie Mitsuko sah, wollte sie doch auch nicht mehr weglaufen. Um Fukikos Zuneigung zu gewinnen, kaufte Mitsuko ihr Bücher, aber Fukiko haßte vor allem Bücher, wie sie auch Speisen haßte, die nicht nach Ketchup oder Mayonnaise schmeckten, sie aß sie nur, weil Taro sie zubereitet hatte und sie keine andere Wahl hatte. Sie beobachtete, während sie sich teilnahmslos das Essen zum Mund führte, Taro immer interessiert und mißtrauisch aus den Augenwinkeln.

Fukiko war wortkarg, aber wenn Mitsuko sie etwas fragte, fing sie an, von etwas ganz anderem zu reden, so als hätte sie die Frage nicht richtig verstanden. Mitsuko sagte zum Beispiel einmal zu ihr:

„Dein Vater ist ein sehr gebildeter Mann. Als ihr mich einmal besucht habt, hat er mir etwas über Krokodile erzählt. Ich wette, er hat schon viele Länder bereist!"

Nach kurzem Überlegen antwortete Fukiko nicht ohne Stolz:

„Mein Vater kündigt oft an, daß er eine Reise machen wird. Und vor der Toilette steht immer ein gepackter Koffer, aber er verreist nie. Seine letzte Reise hat er gemacht, bevor er in die Firma eingetreten ist, für die er jetzt arbeitet."

Als Mitsuko sagte:

„Er ist sicher sehr beschäftigt!"

nickte Fukiko nicht einmal. Sie neigte nur ihren Kopf zur Seite. Mitsuko hatte es schon vorher für merkwürdig gehalten, daß Fukiko niemals das Wort *beschäftigt* benutzte, was ungewöhnlich war für ein Kind dieses Zeitalters. Ein andermal fragte Mitsuko:

„Hat dein Vater irgend etwas über Taro gesagt?"

Fukiko sah Mitsuko ungläubig an:

„Hat er Taro denn schon einmal gesehen?"

Der Blick, mit dem sie dabei Mitsuko ins Gesicht schaute, war so unschuldig, daß Mitsuko es bereute, das Thema überhaupt angesprochen zu haben.

Immer wenn sie Fukiko, die man nicht gerade klug nennen konnte, sah, wie sie unentschlossen mit den Eßstäbchen in ihren feuchten Händen spielte, zwischendurch an ihren Ohren fingerte oder vor sich hin träumte, fühlte Mitsuko ein starkes Gefühl der Zuneigung in sich aufsteigen, das zugleich einer Wut glich. Es war ein Gefühl, das sie peinigte. Sie wünschte sich, daß Taro bald das Haus verließe, damit sie mit Fukiko endlich allein wäre. Sie wußte jedoch nicht, was sie dann mit ihr tun würde, waren sie doch schon oft in Streit geraten, wenn Mitsuko ihr aus einem Buch vorlas. Eines Tages hatte Mitsuko Fukiko die Bluse ausgezogen, um einen Knopf, der schon ganz locker hing, wieder festzunähen. Während sie nähte, saß die halbnackte Fukiko neben Mitsuko und beobachtete still die Bewegungen ihrer Finger, nach einer Weile sank ihr Kopf auf Mitsukos Schultern, als wäre sie eingeschlafen, aber als Mitsuko sie anschaute, folgte Fukiko mit schrecklich ernsten Augen den Bewegungen der Nadel. Als Mitsuko nun sagte:

„Du scheinst Knöpfe interessanter zu finden als Bücher!" entgegnete Fukiko frech:

„Ich bin eben nicht so intellektuell wie die Lehrerin." Da wurde Mitsuko wieder zornig.

Seit Mitsuko angefangen hatte, Fukiko zu umsorgen, wurde sie von den anderen Kindern nicht mehr öffentlich geärgert, aber insgeheim verbreiteten sie noch boshaftere Gerüchte als früher, vor allem flüsterten sie immer häufiger, daß Fukikos Vater in den Spielhallen *seine Hüften schwänge*. Dieser Ausdruck, den die Mittelschüler auf verschiedene Weise gebrauchten, war auch unter den Grundschülern populär, ohne daß diese seinen Sinn verstanden. Die Mütter, die ihn zufällig aufschnappten, waren entsetzt, aber sie wußten selbst nicht, was er bedeutete, und konnten auch niemanden fragen. Mitsuko mußte auflachen, als sie diesen Ausdruck einmal von Frau Orita hörte. Sie hatte ihn zwar nicht verstanden — aber ulkig gefunden. Frau Orita glaubte, daß Mitsuko sich über sie lustig mache, und fügte daher mit einem finsteren Blick noch hinzu:

„Man sollte der Sache auf den Grund gehen, allein schon wegen der Aids-Gefahr..."

Mitsuko verstand nicht, was sie damit sagen wollte:

„Auf welchen Grund?"

Frau Orita verlor nun endgültig die Geduld, zumal sie schon seit einiger Zeit der unverbindlichen Äußerungen Mitsukos überdrüssig war:

„Jetzt tun Sie nicht so. Stellen Sie sich vor, Ihr Taro..."

- da fiel ihr ein, daß es unpassend war, *Ihr* Taro zu sagen, denn es war ja gar nicht Mitsuko Kitamuras Taro, und außerdem war Mitsuko in keiner Weise verpflichtet, Taros Bekanntenkreis zu durchforschen. Frau Orita verstummte, und Mitsuko, die angefangen hatte, die Lage zu begreifen, sagte:

„Ach, wenn es sich darum handelt, da können Sie ganz unbesorgt sein."

Womit sie andeuten wollte, daß sie vor kurzem aufgehört hatte, mit Taro zu schlafen, und seine Bekanntschaften sie deshalb nichts mehr angingen, aber Frau Orita schien mit diesem Hinweis nicht zufrieden zu sein:

„Wir sollten uns einmal ausführlicher darüber unterhalten. Es wäre sicher am besten, wenn Herr Iinuma zu Yoshiko zurückkehrte, aber weil beide keinen Neuanfang zu wollen scheinen, warum lassen sie sich nicht offiziell scheiden? Dann könnte Herr Iinuma doch Ihr Bräutigam werden, und damit wäre die Sache zu einem guten Ende gebracht, aber so, wie es jetzt läuft... die Sache mit den Schwulenkneipen ist doch wirklich..."

Die Wörter *Bräutigam* und *Schwulenkneipen* hatten Mitsuko einen Schrecken eingejagt, vielleicht war sie die einzige, die nicht gewußt hatte, daß die Kinder *Schwulenkneipen* meinten, wenn sie von *Spielhallen* sprachen. Aber wenn dem so wäre, dann ginge sie alles, was Taro trieb, noch weniger an:

„Na und? Er tut halt, was ihm Spaß macht. Für mich gibt es keinen Grund, ihn zu heiraten!"

Frau Orita sagte blinzelnd:

„Wissen Sie und Yoshiko überhaupt, was Herr Iinuma ist? Wie können Sie also so gemein sein zu ihm?"

und mit Tränen in den Augen ging sie nach Hause.

An einem Wochenende im späten September hatte das Ehepaar Orita mit seinem Sohn die Großeltern mütterlicherseits besucht. Als sie am Sonntagabend in Ueno aus dem Zug stiegen, sagte der Junge, daß sich die Schnürsenkel seiner Turnschuhe verwickelt hätten, hockte sich auf den Bahnsteig und nestelte gemächlich an seinen Turnschuhen, wobei er sich wunderte, wie die Schnürsenkel des rechten und des linken Schuhs sich so ineinander hatten verknoten können. Als die Mutter zufällig auf den gegenüberliegenden Bahnsteig schaute, standen dort Taro

Iinuma und Toshio Matsubara eng aneinandergelehnt und mit Reisekoffern in den Händen, Frau Orita packte ihren Mann unwillkürlich fest am Arm, dieser schaute eine Weile unruhig hin und her, und als er die beiden entdeckte, schrie er laut auf.

„Iinuma!"

Taro hatte Herrn Orita schnell ausgemacht und grüßte ihn ohne eine Spur von Verlegenheit mit einer höflichen Verbeugung. Orita rief nun noch lauter:

„Wohin fahren Sie denn?"

Iinumas Antwort war gut verständlich, ohne daß er seine Stimme besonders anstrengte:

„Haben Sie vielen Dank für alles!"

Orita rief *Idiot!,* aber seine Stimme wurde von einem einfahrenden Schnellzug übertönt, und die beiden Gestalten waren jetzt von einem Waggon verdeckt. Orita gab das Gepäck seiner Frau, rannte eine Treppe hinunter und eilte in Richtung des anderen Bahnsteigs, kam aber nach einiger Zeit außer Atem wieder zurück:

„Sie sind weg. Ich rufe die Polizei!"

Seine Frau hielt ihn zurück, und er dachte noch einmal nach. Selbst wenn Taro Iinuma und Toshio Matsubara miteinander eine Reise unternahmen, gab es keinen Grund, die beiden von der Polizei verfolgen zu lassen. Die Idee seiner Frau war vernünftiger:

„Wir müssen es auf jeden Fall Frau Kitamura sagen!"

Noch vom Bahnsteig aus riefen sie bei Mitsuko Kitamura an, aber niemand ging dort ans Telefon, es blieb ihnen nichts übrig, als es von zu Hause aus noch einmal zu versuchen. Wieder ging niemand ans Telefon, sie dachten *Seltsam, es ist doch schon nach Mitternacht!* So konnten sie die Sache aber nicht auf sich beruhen lassen, sie stiegen in ihr Auto und durchgeschüttelt von den schlecht beleuchteten Kieswegen im Südteil der Stadt erreichten sie Mitsukos Haus, in dem kein Licht brannte. Sie riefen mehrmals:

„Frau Kitamura!"

Keiner antwortete. Seltsamerweise war die Eingangstür des Hauses nicht abgeschlossen, sie öffneten sie und gingen hinein. Das Haus war völlig leergeräumt, die Luft war eigenartig kühl, nach einiger Zeit schrie Herr Orita auf und zeigte auf ein Blatt Papier, das an eine Säule geheftet war. Wenn man vom Garten her das Haus betrat, konnte man es sofort sehen. Darauf stand in großen Buchstaben, mit rosa Filzstift geschrieben:

Die Privatschule Kitamura ist geschlossen!

Am nächsten Tag erhielt das Ehepaar Orita ein Telegramm von Mitsuko, auf dem *Ich verschwinde mit Fukiko Stop Alles Gute* zu lesen stand. Das Haus, in dem Mitsuko gewohnt hatte, wurde bald danach abgerissen und an derselben Stelle ein Mietshaus errichtet. Zur Zeit des Baubeginns besuchten die Kinder schon andere Privatschulen und kamen nur noch selten in den südlichen Bezirk.

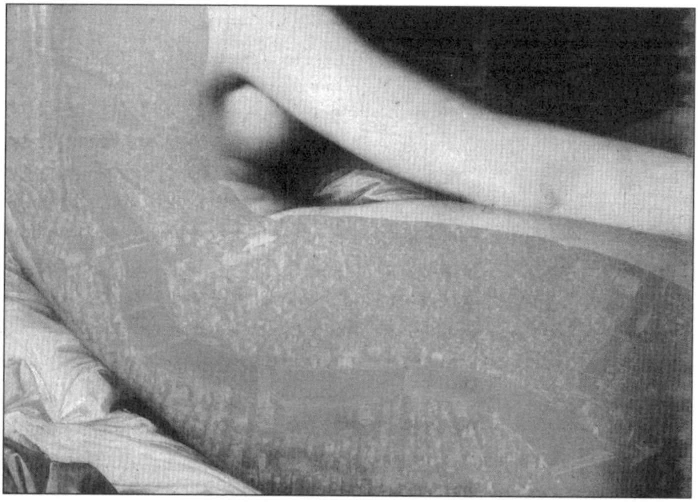

im Dunkeln gibt es keine gerade Linie
daher konnt ich auch geradeaus nicht gehen
außerdem schliefen meine Pupillen schon
und im Schlaf konnt ich nicht noch einmal schlafen
und dennoch gehen
die Birnen wurden leichter immer leichter
aber was nach einer Stunde als Licht durch meine Finger fiel
das waren keine Birnen
das waren auch nicht die Früchte die man Birnen nennt
das war auch nicht das Wort das man Birne nennt
es war ein Tempel der nur aus einem Dach bestand
aber du warst dort nicht eingekehrt

Die Nacht von Kioto rutschte über die Birnenhaut

Der Faltenmann vom Sumida-Fluß

Sie ging mit schnellen Schritten über diese eigentlich gar nicht so lange Brücke, die den Sumida-Fluß überspannte. Mayuko hatte keine Vorstellung davon, was Gipfel- oder Höhenphobie sein könnte, und glaubte, daß sie ein Mensch mit starken Nerven sei, aber es gab da, wenn sie es sich recht überlegte, doch zwei Dinge, vor denen sie schreckliche Angst hatte. Bienen und Brücken. Wenn ihr eine Biene summend um den Kopf kreiste, spielte Mayukos Gleichgewichtsgefühl verrückt, so daß sie hinzufallen drohte, und bei dem Gedanken, daß sie gestochen werden könnte, spannte sich ihre Haut, und ihre Poren konnten nicht mehr atmen. Die Idee, daß ihr eine Biene über den Nacken auf den Rücken krabbeln könnte, haßte sie besonders. Weil sie ihren Rücken nicht sehen konnte, war ihr die Vorstellung unerträglich, ein Insekt könne sich dort festkrallen und sie stechen. Dann hatte sie noch vor Brücken Angst. Wenn sie auf einer Brücke stand, bildete sich in ihrer Brust ein großer Hohlraum, und ihr Bewußtsein begann, hin und her zu schaukeln. Sie befürchtete dann, aus ihrem eigenen Körper herauszugleiten und abzustürzen.

Als hätte sie eine boshafte Freude am Gefühl der Angst, blieb Mayuko manchmal absichtlich mitten auf einer Brücke stehen und richtete ihren Blick auf die Spitzen der Hochhäuser am gegenüberliegenden Ufer. An diesem Tag lasteten ihre Augäpfel schrecklich schwer, am liebsten hätte sie die ganze Zeit über nur auf ihre Füße geschaut. Aber sie bemühte sich, nach oben zu sehen, und faßte eine goldene Plastik auf einem sehr hohen Gebäude, die einem Exkrement nachgebildet zu sein schien, ins Auge. Ach, dachte Mayuko, das meinen die Leute also, wenn sie von dem Drachendreck reden. Sie erinnerte sich daran, daß ihre Arbeitskollegen manchmal erzählten, sie hätten wieder in dem Haus mit dem Drachenkot Bier getrunken. Während der Mittagspausen in der Firma hörte sie unaufmerksam den Gesprächen der andern zu und überlegte dabei im stillen, wann und wie sie ihre Arbeit aufgeben könne. Es kam ihr so vor, als ob dies schon eine lange Zeit so ginge.

Der Abendhimmel war ausdruckslos wie ein stählerner Bürotisch. Mayuko hätte sich nicht träumen lassen, daß in dieser Abendstunde dort drüben ein Ereignis auf sie wartete, das ihrer Seele einen Stoß geben sollte.

Auf der anderen Seite der Brücke angelangt, drehte sie sich um. Sie fühlte sich zwar ruhiger als vorher, aber sie erschrak, als sie sich der Tatsache bewußt wurde, daß auch unter dieser Brücke Wasser floß, und sie dachte, *daß es mir auch schwindelt, wenn ich über eine Brücke gehe, die sich von einer gewöhnlichen Autostraße gar nicht unterscheidet, muß also daher kommen, daß darunter Wasser fließt. Denn Wasser fließt, auch wenn beide Ufer mit Beton befestigt sind und das Wasser mit Chemikalien verseucht und schon zweimal gestorben ist. Natürlich fließt auch unter gewöhnlichen Straßen Wasser. Solange es Grundwasser gibt, sind auch Straßen, die man Straßen nennt, Brücken.* Mayuko überfiel plötzlich die Sorge, sich von der Empfindung, die sie beim Brückenüberqueren hatte, niemals befreien zu können. Als ob sie diese Sorge von sich abschütteln wollte, sagte sie zu sich selbst, *ich habe die Brücke schon ganz überquert, ich bin schon am anderen Ufer angekommen.*

Es war doch sehr merkwürdig, daß sie innerhalb des engen Stadtbereichs so deutlich unterscheiden konnte zwischen Orten, die sie schon besucht hatte, und solchen, wo sie noch niemals war. Mayuko hatte schon Sri Lanka und die Schweiz besucht, aber sie war zum ersten Mal im Sumida-Bezirk. Freilich, wenn man bedachte, daß sie die meisten Orte in Tokio, wo sie seit ihrer Geburt wohnte, noch nicht betreten hatte, handelte es sich auch diesmal um keine Ausnahme. Es gibt Leute, die sagen, daß heutzutage alle hingehen können, wohin sie wollen, aber in Wirklichkeit sehen sie die meisten Orte doch nicht. Das kommt daher, daß sie keinen Anlaß haben, bestimmte Orte zu besuchen. Die Leute sagen zwar, jeder Ort stehe einem offen, aber man muß sich doch sehr anstrengen, um hinzukommen. Man gleitet in einem Zug oder in einem Auto durch die Stadt, und schon ist ein Tag zu Ende gegangen. In einer Stadt wie Tokio geschieht es nur selten, daß man irgendwo anhält und weiß, wo man ist. Wenn man seine Wohnung verläßt und auf der Suche nach Waren von Laden zu Laden geht, verwandelt sich der Blick in das Maul eines Fisches, der sich an einem Angelhaken festgebissen hat. Er wird immer weiter und immer weiter gezerrt, und die Füße bewegen sich dabei, ohne den Boden zu berühren.

Mayuko hatte in der Nacht geträumt, daß sie über den Himmel flog. Sie hatte zwar schon oft Flugträume gehabt, aber diesmal sah sie zum ersten Mal Tokio von oben. Die Stadt sah ganz anders aus, als wenn man von einem Hochhaus in Shinjuku auf sie hinunterschaut, sie bestand nicht aus Häusern und Gebäuden, sondern aus Falten. So weit sie sehen konnte, ein Gekräusel von feinen Falten, nur in Richtung des Meeres löste sich das Muster allmählich auf, um zuletzt in der Bucht von Tokio zu verschwinden. Es sah aus wie die vergrößerte Photographie der Hautoberfläche eines faltigen Gesichts. Mayuko wachte verwundert auf. Die Stadt Tokio glich also dem Gesicht eines Greises! Weil sie vergessen hatte, das Licht auszuschalten, bevor sie eingeschlafen war, kamen ihr, als sie die Augen öffnete, ein langer, dürrer Kleiderschrank und ein kleiner Tisch mit vier Beinen wie Lebewesen entgegengelaufen. Ja, selbst die Bücher auf dem Tisch und die Kaffeetasse erschienen auf seltsame Weise lebendig. Da es ganz so war, als hätten die Gegenstände, die sie umgaben, begonnen, sich in Organismen zu verwandeln, wurde es Mayuko unheimlich. Sie konnte nicht mehr schlafen, aber als sie die Augen weit aufmachte, ließ das Gefühl der Beklemmung nach. Es beruhigte sie nun, von Lebewesen umringt zu sein und behütet zu werden. Nachdem sie ihren Blick einige Male durch das Zimmer hatte gleiten lassen, schaute sie aus dem Fenster. Sogar das Schild des Zahnarztes an der Ecke der nächtlichen Straße hatte zu leben angefangen und schien durch das Licht der Straßenlampen hindurch Mayuko anzustarren.

So war es dazu gekommen, daß Mayuko am nächsten Tag durch Tokio spazieren und in die Falten der Stadt eintauchen wollte. Sie wollte nicht, wie sie es sonst tat, einen bestimmten Zielort erreichen, sondern durch die kleinen Straßen der Stadt ins immer Kleinere und immer Kleinere eindringen. Wollte auf Straßen gehen, die so klein waren, daß sie die Wärme von Haut ausströmten. Diese Haut war trocken und faltig, aber gerade deshalb war ihre Wärme auch nicht zudringlich. Mit solchen Gedanken schritt Mayuko durch die Zwischenräume zwischen den Gebäuden, die wie Wächter vor der anderen Seite der Brücke aufgereiht waren. Mayuko gelangte zur Mündung einer kleinen Straße. Hier stand wie ein Türhüter ein Telegraphenmast, an dem Reklamezettel klebten. Im Halbdunkel fiel es Mayuko schwer, die kleinen, matt gedruckten Schriftzeichen zu lesen, die in einem altmodischen Stil die

Entstehung der *Sakuramochi,* der *Kirschreiskuchen,* beschrieben. Diese seien ursprünglich kleine Reiskuchen gewesen, die man in Blätter von Kirschbäumen, die an den Ufern des Sumida-Flusses wuchsen, gewickelt und dann gegessen hatte. Das war alles. Die Reklame eines Cafés, in dem man *Sakuramochi* essen konnte. Mayuko lachte auf.

Als sie in die Gasse einbog, kam es ihr so vor, als wäre es plötzlich dunkel geworden. Mayuko verlangsamte ihren Schritt. Es war zwar nicht so dunkel, daß sie, wenn sie in Eile gewesen wäre, ihren Kopf an den Wänden angestoßen hätte, aber da die Gassen sozusagen nie ankündigten, welche Richtung sie einschlugen, sondern nach einem Gesetz, das Mayuko nicht kannte, sich wanden und verzweigten, war es ihr nicht möglich, geradeaus, mit einem bestimmten Ziel vor Augen, vorwärtszuschreiten. Als sie um eine Ecke bog, neigte sich Mayuko schräg zur Seite, als würde sie von dem Gebäude, das dort stand, angesogen. Plötzlich traten Pfeiler in ihr Gesichtsfeld, die ein Muster aus Fliesen trugen, deren Form Mayuko nicht vertraut war. In einem alten hölzernen Rahmen stand ein Fächer, und ein rundes Fenster war bis zur Hälfte schräg mit dünnen Bambusstäben durchzogen. In diesem unbedeutenden Zierat offenbarte sich eine andere Zeit, eine Zeit, die Mayuko nicht erlebt hatte.

Neben der Tür sah sie eine Glasröhre in der Form eines

Dickdarms, und in der Röhre befand sich ein Laden, durch den hin und wieder ein granatapfelfarbener Blitz lief. Über der Tür hing ein Schild mit der Aufschrift *Austernfischer,* an der Ecke des Gebäudes standen einige Motorräder, daneben schlanke Jugendliche, die an den Motorrädern lehnten. Mayuko fragte sich, ob das wohl jene *Jugendlichen* sind, von denen in den Zeitschriften die Rede ist, und wurde unruhig. Einer von ihnen trug einen großen offenen Kragen nach Matrosenart, aus dem seine glatte, unbehaarte Haut hervorglänzte. Ein anderer streichelte selbstbewußt seinen langen, offensichtlich kräftigen Bart, aber sein Blick war sanft, und auch sein Kopfhaar schien weich zu sein. Diese Jugendlichen mußten wildes Benehmen und aggressives Auftreten selbstverständlich vermeiden. Und wer nicht auch den sanften Teilen seines Körpers genaue Aufmerksamkeit schenkte, hatte hier keine Chance, blieb übrig. Angeblich gab es Frauen, die diesen Stadtteil dann und wann nur besuchten, um mit weichen Lebewesen in Kontakt zu kommen. Obwohl die Leute gerne von Konjunkturflaute reden, wissen ja die meisten Frauen mit Einkommen, vom Einkauf überflüssiger Dinge einmal abgesehen, nicht, was sie mit ihrem Geld anfangen sollen, und so brach, von einigen Werbeslogans angereizt, der aufrichtige Wunsch aus, die vom Alltagsleben nicht kontrollierbaren Triebe in der Zeit vor der Ehe kühl zu beobachten, und brachte diese Gegend hier innerhalb weniger Jahre zu Wohlstand.

Die Jugendlichen, die abends aus ihren Wohnungen in den Vorstädten von Tokio fortschleichen und auf ihren Motorrädern in diesen Stadtteil kommen, leiden weder unter Geldmangel, noch werden sie von einer starken Begierde dazu angetrieben. Ihre Blicke hatten in Mayuko keine unangenehmen Gefühle erregt. Auch der junge Mann, der sich Mayuko näherte und leicht am Ärmel ihrer Jacke zog, schaute ihr nur ausdruckslos ins Gesicht und suchte in ihren Augen nach einem Zeichen der Zustimmung. Als er keines finden konnte, verschwand er wieder rasch in der Dunkelheit. Wenn gelegentlich einmal ein erwachsener Mann vorbeikommt, hocken die Jugendlichen sich hin und tun so, als müßten sie an ihren Motorrädern etwas richten oder gehen lautlos in ein Haus. Ältere Homosexuelle, die wissen, daß es keinen Sinn hat, sie anzusprechen, kommen erst gar nicht in diesen Stadtteil, und für die Männer, die in dieser Gegend wohnen und gelegentlich vorbeikommen, sind die Jugendlichen wie unsichtbar. Mayuko wußte dies alles, weil sie es in den Zeitschriften gelesen hatte, mit ihren eigenen Augen sah sie es aber zum ersten Mal. Aber obwohl sie sich sagte, *jetzt befinde ich mich selbst tatsächlich mittendrin in dieser Szene,* kam es ihr so vor, als würde sie dies alles nur in einer Zeitschrift lesen. Und das genügte ihr nicht. Etwas in ihr wollte unbedingt tiefer eindringen, und sie fragte sich, wie sie sich mit ihrem Körper in diese Falten, die man

Gassen nannte, hineinzwängen könne.

Nach einer Weile kreuzten ihre Blicke sich mit denen eines jungen Mannes, der eine Brille trug. Mayuko blieb stehen. Er war siebzehn oder achtzehn Jahre alt. Vielleicht ein bißchen älter. Seine Augen hatten zwei- oder dreimal nervös gezuckt. Sein Gesichtsausdruck pendelte unentschieden zwischen der komischen Ernsthaftigkeit eines Examenskandidaten und erotischer Herausforderung. Mayuko war unwillkürlich stehengeblieben. Der junge Mann stellte sich vor sie und legte seine Hände auf ihre Schultern. Ein wenig zögernd und unsicher untersuchte er mit seinen schlanken, zarten Fingern aufmerksam Mayukos Knochenbau.

In den Zeitschriften stand, daß die Beziehungen zwischen Männern und Frauen in dieser Gegend sehr präzise seien. Die Frauen dachten nicht darüber nach, ob sie heiraten wollten oder etwa verliebt seien, nein, sie kamen hierher und bezahlten Geld, um in einer Art Experiment herauszufinden, ob ihnen die körperliche Liebe Spaß macht oder ob sie langweilig ist. Ohne die Pflicht, Lust empfunden zu haben, ja, ohne den Zwang, sich auch nur den Anschein zu geben, Lust empfunden zu haben, kamen die Frauen, wenn sie sich gelangweilt hatten, gelangweilt nach Hause zurück. Wenn es ihnen nicht langweilig gewesen war, zeigten sie ihre Gefühle nicht, sondern verbargen ihre Freude wie etwas sehr Wertvolles in ihrem Innern. Und die jungen Männer wußten aus Erfahrung, daß die Frauen, selbst wenn sie sich gelangweilt hatten, nur selten verstimmt waren, weil schon die Tatsache, Geld bezahlt zu haben, sie mit Befriedigung erfüllte. Und auch wenn der Geschlechtsakt im Nu vorbei war, wurden die Frauen nicht zornig. Im Gegenteil, sie zahlten dann sogar noch freudiger. Die jungen Männer verstanden nicht, ja, wollten nicht einmal verstehen, warum das alles so war. Warum die Frauen eigens in diesen Stadtteil kamen, um sich der Standards der Sexualität zu vergewissern, und warum sie besonders fröhlich aussahen, wenn sie bezahlten. Die jungen Männer bezogen aus ihrer Arbeit ein Gefühl der Befreiung, das mit den Absichten der Frauen, die älter waren als sie, in keiner Beziehung stand.

Auch einem jungen Mann namens Umewaka, der seit einem Jahr in diesem Stadtteil verkehrte, vermittelte diese Arbeit eine Art Befreiungsgefühl. Da er sich schon seit zwei Jahren vergeblich um die Aufnahme an einer Universität bemühte, war er im Vergleich zu den Oberschülern zwar bereits *reiferen Alters,* aber dank seines Kindergesichts galt er unter seinen Freunden noch als Gymnasiast. Und jetzt legte er seine Hände auf die Schultern einer etwa dreißigjährigen Frau, die plötzlich mit einem suchenden Blick vor ihm aufgetaucht war. Er streckte Daumen und Zeigefinger mit Absicht ungeschickt vor ihre Augen und wartete geduldig auf ihre Reaktion. Einem gewöhnlichen

Seminarschüler, der sich auf die Universität vorbereitet, würde es schwerfallen, sich so merkwürdig zu verhalten, und er selbst hatte bis vor einem Jahr nicht einmal geahnt, daß er sich so verhalten könnte. Nicht der Gedanke, auch in diesem Jahr wieder das gleiche Leben führen zu müssen wie im Jahr davor, quälte ihn, sondern die Tatsache, daß sein Geschlechtstrieb nur noch von banalen Phantasien angeregt wurde, oder wenn er in einem Supermarkt, der rund um die Uhr geöffnet hat, vor dem Regal stehend in Zeitschriften las. Wenn er in den Spiegel schaute, erschrak er vor seiner Häßlichkeit. Er kam sich wie ein Darsteller in Pornovideos vor. Ein Triebverbrecher, ein Vergewaltiger, ein Mörder. Er wollte sich von dieser Traumwelt abwenden, die ihn immer heftiger in Anspruch nahm, immer mehr auslaugte und ein Gefühl völliger Hilflosigkeit in ihm hervorrief. Er wollte schön werden. Schön werden und mit einem heiteren Gesicht gewagte Dinge tun.

Zum Beispiel ein ungarisches Pferd kaufen und darauf quer über die Oume-Straße zur Vorbereitungsschule reiten. Aber leider konnte er sich diesen Wunsch nicht erfüllen. Statt dessen verwirklichte er sich einen anderen alten Wunsch und kaufte sich für das Geld, das er sich mit seinen Gelegenheitsarbeiten verdient hatte, endlich ein Motorrad. Das Geld seiner Eltern wäre ihm für einen so heiligen Kauf zu unrein gewesen. Aber das Motorrad allein war ihm nach einiger Zeit nicht mehr genug, und er dachte, er müsse sich nun auch noch mit einer Menschenfrau verbinden. Aber das dachte er nur nachts. Wenn er morgens in der Schule die Frauen anschaute, verblaßte dieser Gedanke sofort. Die Frauen betrachten die Männer mit den Blicken von Examinatoren. Als würden sie Waren begutachten, und die so Begutachteten haben dabei das Gefühl, als würden sie einer Prüfung unterzogen. Sie können diesen kalten Blicken nicht standhalten und verstecken sich zum Beispiel hinter einer Säule und hören dann verstohlen den schwerverständlichen Reden der Frauen zu, die mit einem seltsamen Timbre sprechen. Verschiedene Erinnerungen tauchen in ihnen auf, an das eingetrocknete Hors-d'oeuvre eines französischen Restaurants, an ein Kino in der Mitte der Stadt, das nach einem Erkältungsmittel riecht, an die blassen Gesichter der Angestellten in einem Kauflhaus, an den Gestank von Auspuffgas, das durch ein eben geöffnetes Autofenster hereindringt. Und sie denken, was ist das für eine schreckliche Sitte, sich zu verabreden. Gibt es denn nichts anderes als die endlose Langeweile einer Beschäftigung, die nur darin besteht, das Portemonnaie und den Mund immer wieder zu öffnen und zu schließen. Gibt es denn keine Begegnung, bei der sich das Fleisch des Körpers nur still und geschmeidig bewegt und bewegt wird? Schön werden! Die Frauen brauchen nicht besonders schön zu sein, aber ich möchte schön werden. — Es war in der Zeit, in der ihm diese Gedanken jeden Tag durch den Kopf gingen, als ein Schulfreund ihn besuchte und Umewaka zum ersten Mal in diesen Stadtteil kam.

Mayuko betrachtete die zarten und wohlgeformten Finger, die der junge Mann vor ihre Augen streckte. Die Vorstellung, daß das wohl ein genau verabredetes Zeichen sei, das niemand mißverstehen dürfe, weckte ihren Trotz, und sie fragte sich, ob sie überhaupt bereit sein sollte, es zu verstehen. Mayuko fand den Ausdruck *mit einer gewissen Welt vertraut sein* schrecklich. Sie hatte es schon früher als unehrlich empfunden, wenn ihre Kollegen behaupteten, daß sie jene Gegend oder dieses Geschäft gut kennten. Jetzt aber, wo es nicht mehr nötig war, sich dem Ton ihrer Kollegen anzupassen, hatte sie das Recht, die Zeichen jedweder Welt mißzuverstehen.

Mayuko packte die Finger des jungen Mannes und sagte grinsend *Sie haben lange Fingernägel.* Sein Gesicht zitterte ein wenig. Dieses Gesicht wollte jenen unsicheren, weiblichen Ausdruck, der im Übergang vom Gesicht eines gewöhnlichen Studenten zu dem eines gewöhnlichen Firmenangestellten nur kurz aufleuchtet, möglichst lange festhalten oder künstlich zum Stillstand bringen. Mayuko sagte *Kommen Sie, ich lade Sie zu einem Kaffee ein!* Umewaka war verlegen. Sie sagte noch einmal *Na kommen Sie schon, wir gehen nur kurz in das Café dort drüben!* Jetzt war es zu spät, um das Angebot abzulehnen. Außerdem hatte er schon hin und wieder mit Freunden bei einem Kaffee zusammengesessen. Er sagte sich, daß es ja nichts Schlimmes sei und beschloß mitzugehen.

Das Café befand sich im ersten Stock eines alten Mietshauses. Auf ein Schild neben der hölzernen Eingangstür hatte eine ungeschickte Hand mit fluoreszierender Farbe *Café Sumida* geschrieben. Mayuko und Umewaka waren die einzigen Gäste. Hinter der Theke mahlte eine Frau, die ein Gesicht wie ein Uhu hatte, Kaffeebohnen. Als Mayuko eher scherzhaft fragte *Bekommen Sie Schwierigkeiten, wenn Sie statt zu arbeiten im Café sitzen?* antwortete Umewaka *Wir haben keinen Chef, der uns Schwierigkeiten machen könnte, es gibt nur einen lockeren Verbund, dem die jungen Männer alle angehören.* Mayuko fragte sich, ob es in Japan Gewerbe ohne übergeordnete Verbände überhaupt geben könne. Im übrigen handelte es sich ja nicht um eine Bürgerbewegung. Aber da ihr weiteres Nachfragen zu anstrengend erschien, sagte sie, um das Thema abzuschließen *Dann können Sie ja machen, was Sie wollen, ohne Schwierigkeiten zu bekommen.* Umewaka antwortete darauf nur kurz *Ich mag es aber auch nicht, von meinen Kollegen kontrolliert zu werden.*

Der Kaffee kam, Mayuko schob ihre Tasse zur Seite und sagte, als redete sie mit sich selbst *Hm, nun sitze ich hier in einem Café und habe doch nicht das Gefühl, in die Falten der Stadt eingedrungen zu sein. Es ist irgendwie,* und jetzt suchte sie Umewakas Zustimmung, *als würde man Zeitschriften lesen und sich langweilen, meinen Sie nicht auch?* Umewaka wußte nichts zu antworten und bestellte einen Whisky mit Soda. Gespräche mit Frauen sind immer schwierig. Es ist besser, wenn sie schweigend auftauchen und schweigend wieder verschwinden. In der Regel weiß man dann, wie man sie zu behandeln hat. Aber wenn Gespräche anfangen, nippt Umewaka immerzu an einem Glas Whisky mit Soda und versucht, still zu sein. Es fällt ihm nicht schwer zuzuhören, nein, sein Unbehagen rührt daher, daß er nicht antworten mag.

Die Tür ging langsam auf, und ein kleiner Mann mit einem krummen Rücken kam herein. Er stützte sich auf einen Stock und es schien, als würde er gleich hinfallen. Den Blick nach unten gerichtet, legte er seine Hand auf den Tisch, der ihm am nächsten stand. Gerade als er sich hinsetzen wollte, fiel sein Stock mit einem lauten Schlag auf den Boden. Aus der Kehle des Mannes kam ein kurzer Schrei. Mayuko lief zu ihm hin und versuchte, vor ihm kniend, seinen Stock, den sie aufgehoben hatte, in seine Hand zu drücken, aber der Mann war anscheinend von der Anstrengung, aufrecht auf seinem Stuhl zu sitzen, so in Anspruch genommen, daß er Mayuko nicht einmal anzuschauen versuchte. Mayuko blieb nichts übrig, als den Stock gegen den Tisch zu lehnen und an ihren Platz zurückzugehen, aber weil der Boden unter ihren Schritten ein wenig vibrierte, fiel der Stock wieder um und rollte weg. Mayuko kroch ihm nach, hob ihn auf und brachte ihn zu dem Mann, der jetzt die Speisekarte las, zurück. Sein Gesicht war mit Falten überzogen, seine Augen und Lippen waren so tief in Faltentälern versunken, daß sie nicht zu erkennen waren. Als Mayuko *Hier, bitte!* sagte, bewegte der Mann keine Augenbraue. Sie gab auf, stellte den Stock in einen Schirmständer und ging wieder an ihren Platz zurück, aber von jetzt an konnte sie ihren Blick nicht mehr von dem Mann abwenden, und es schien, daß ihr die Gegenwart Umewakas völlig gleichgültig geworden war.

Umewaka murmelte *Ich habe diesen Kerl schon einmal gesehen!* wobei in dem Wort *Kerl* aus irgendeinem Grunde eine kindliche Feindseligkeit mitklang, aber er sagte dies anscheinend nur aus Verwunderung und nicht etwa, weil er den Mut gehabt hätte, sich wirklich daran zu erinnern, wo er ihn schon einmal gesehen hatte. Seine Worte aber hatten eine Schärfe, die weder zu seiner Ernsthaftigkeit noch zu seiner Sanftheit paßten. Mayuko runzelte die Stirn und sagte leise, aber vorwurfsvoll *Was ist das für ein Ton!* Umewaka grinste *Wenn ich ihn schon nicht 'Kerl' nennen darf, wie soll ich ihn dann nennen? Wie wäre es mit 'Faltenmann'?* Mayuko antwortete nicht. Sie betrachtete nur den alten Mann. Sie hatte nicht das Gefühl, ihm schon einmal begegnet zu sein. Oder doch. Vor kurzem. Sie konnte sich nicht erinnern. Wo hatte sie ihn nur gesehen? Umewaka wurde immer unruhiger, er packte Mayuko, deren ganze Aufmerksamkeit auf den runzligen Mann gerichtet war, fest am Arm, sagte *Laß uns gehn!* und zog sie von ihrem Stuhl hoch. Mayuko entgegnete erschreckt *Wohin sollen wir denn gehen? Ich habe heute kein Geld dabei!* schämte sich aber sogleich, weil ihr dieses der Situation völlig unangemessene Wort *Geld* entschlüpft war, und wurde rot. Als müsse er vor irgend etwas fliehen, zahlte Umewaka hastig die Rechnung, holte sich an der Theke einen Schlüssel und zerrte Mayuko in ein Zimmer im Erdgeschoß desselben Hauses. Die jungen Männer hatten einen Vertrag mit dem Besitzer des Cafés geschlossen und benutzten das Zimmer abwechselnd. Zwar wußte Umewaka selbst nicht, was er tat, aber weil er Mayuko unter allen Umständen von dem Faltenmann wegführen wollte, ließ er ihren Arm erst in diesem Zimmer wieder los. Es war sicher wider die Regeln, den Arm einer Kundin so fest zu packen, aber Umewaka hatte nicht plötzlich Lust auf Gewalt bekommen, sondern wollte einfach nur fliehen.

Es lag kein Papiertaschentuch auf dem Boden, das Zimmer war also aufgeräumt worden, aber ein unangenehmer Geruch schwebte in der Luft, als hätte hier gerade jemand Obst gegessen. Melonen. Oder Mandarinen. Vielleicht war es aber auch gar nicht der Geruch von Obst, sondern der Geruch von Körpern.

Umewaka schaltete das Licht ein und öffnete das Fenster, in der Ferne hörte man den Klang einer Shamisen-Laute und die heisere Stimme eines Greises, der *hito no oya no kokoro wa yami ni aranedomo* sang, der Rest wurde von dem Geräusch eines Motors verschluckt. Vielleicht war diese Stimme, die ihre Aufmerksamkeit gefesselt hatte, schuld daran, daß beide stolperten, seltsamerweise sogar in derselben Haltung.

Umewaka legte von rechts seine Arme langsam um Mayuko, die dastand, als könne sie mit ihrem Körper nichts anfangen, und küßte ein paarmal ihren Hals. Umewaka dachte, wenn ich es so mache, kann ich das Berührungsprogramm glatt durchlaufen. Er atmete auf. Der Alte war vergessen. Aber Umewaka bemerkte die Falten, die sich auf Mayukos Hals bildeten, als sie ihren Kopf senkte. Das machte ihn wieder unruhig. Er gebrauchte seine Lippen wie einen Staubsauger und versuchte, die Falten mit aller Kraft wegzusaugen. Sein Atem wurde schneller. Es war ihm, als hätte Mayuko *Was hast Du denn auf einmal?* gefragt, aber da Umewaka auf den Lippen, die diese Frage geäußert hatten, feine senkrechte Falten entdeckte, blieb ihm keine Zeit mehr, dem Sinn der Frage nachzugehen. Falten. Falten. Falten. Es war ganz so, als würde sich der Alte von eben über die beiden lustig machen. Nachdem Umewaka die hinderliche Brille abgelegt hatte, saugte er mit noch größerer Ernsthaftigkeit an den Falten.

Mayuko war es rätselhaft, woher die Leidenschaft Umewakas kam, der plötzlich seinen Siedepunkt erreicht zu haben schien. Vielleicht war alles nur Theater, und später würde ihm eine Rockerbande das Geld, das er heute verdient hatte, wieder abnehmen. Mayuko sah diesen Handlungsablauf deutlich vor Augen, als hätte sie ihn in einer Wochenzeitschrift gelesen. Wenn die zwei Finger eben zwanzigtausend Yen bedeuteten, dann ist es in Ordnung. Wenn sie aber zweihunderttausend Yen bedeuteten, dann ist es schlimm. In Mayukos Kopf vermengte sich die Einsicht, daß sie sparen müsse, weil sie ja nicht wissen könne, was aus ihr noch werden würde, wenn es mit ihr so weiterginge, mit dem mutwilligen Gedanken, daß sie auch ohne Geld auskäme, zu einer heißen, trockenen Luftströmung, die zu wirbeln anfing.

Während Mayuko solchen Gedanken nachging, folgte Umewaka seinem Programm. Als er seinen Finger in ihren Anus steckte, wollte Mayuko sich, indem sie zu sich selbst *Ich schäme mich sehr!* sagte, in den sinnlichen Zustand eines quälenden Fiebers versetzen, aber in dem Augenblick, als sie ihren Körper ein wenig verdreht aufrichtete, sah sie Umewakas glatten Hintern, - das Wort *Sakuramochi* kam ihr in den Sinn, und ein Gefühl von Absurdität überfiel sie. Denn seine Weichheit glich der jener Reisbällchen, die zum Vorschein kamen, wenn man die harten Kirschblätter abschälte. Weil Mayuko sich nicht mehr bewegte, schaute Umewaka sie fragend an. Als Mayuko den ernsten Ausdruck in seinem verschwitzten Gesicht sah, fühlte sie sich verpflichtet, sich mit Entschiedenheit der Welle der Leidenschaft zu überlassen. Oder vielleicht ist es besser zu sagen: sie fühlte sich verpflichtet, zur selben Musik zu tanzen, sich demselben Rhythmus zu überlassen. Umewaka war zwar schlank, aber auch außerordentlich kräftig. Manchmal hob er Mayuko hoch und stemmte sie in die Luft. Er schien nicht müde zu werden. Das Spiel wollte nicht enden. Auch Mayuko gab sich die größte Mühe, konnte aber nicht verhindern, der Sache überdrüssig zu werden. Sie dachte immer wieder *Es reicht! Ich will nach Hause! Ich will schlafen!* Aber weil es ihr zu herzlos erschien, dies auch zu sagen, hielt sie bis zum Ende durch. Draußen hatte es zu regnen angefangen. Als Mayuko fragte *Wie heißt Du?* antwortete der junge Mann, der ausgestreckt auf seinem Rücken lag, ohne zu zögern *Umewaka,* aber als Mayuko auch nach seinem Familiennamen fragte, sprang er mit einem bitteren Gesichtsausdruck hastig aus dem Bett und ging, ohne etwas zu sagen, ins Bad. Es gab keine Dusche, nur ein kleines Bad, wo man sich mit kaltem Wasser waschen konnte. Mayuko dachte, daß sie ihn nicht nach seinem Familiennamen hätte fragen sollen. Sie bereute ihre Neugierde, weil sie an einem solchen Ort auch nicht nach ihrem Namen und ihrem Beruf hätte gefragt werden wollen.

Nachdem Umewaka sich gewaschen hatte, schaute er in einen Handspiegel, den jemand auf dem Waschbecken vergessen hatte. Sein Gesicht war, als er sich auf das Eintrittsexamen vorbereitete, konturlos und aufgedunsen gewesen. Aber seit er in diesem Stadtteil verkehrte, war davon, so schien ihm, soviel Fleisch abgeschabt worden, daß darunter ein ganz anderes Gesicht sichtbar geworden war. Das Gesicht eines Fuchses. Er betrachtete sein Spiegelbild oft. Wie gebannt. Aber weil sich etwas, das man zu lange gebannt anschaut, abnutzt, versuchte er immer, es möglichst kurz zu machen. Doch oft wollte es ihm nicht gelingen, sich vom Spiegel loszureißen.

— Da zog sich der Spiegel einen Augenblick lang zusammen, und seine Oberfläche bekam Falten. Und auch das Gesicht Umewakas, das sich darin spiegelte, bekam Falten. Und in seinen Lippen bildeten sich tiefe Risse. *Um dich vorm Ertrinken zu retten, bin ich in den Sumida-Fluß ge-sprungen, hab' mit Händen und Füßen gestrampelt, hatte Angst zu sterben oder zu einem Wasservogel zu werden, wollte dich dann am Kopf packen und ans Ufer ziehn, aber da fuhr mir der Anker eines Boots, das zur Hilfe gekommen war, in die Backen und riß mir das Fleisch weg, mein ganzes Gesicht war blutverschmiert, blutverschmiert.* Umewaka erinnerte sich, daß seine Mutter die Angewohnheit hatte, diese Geschichte zu erzählen und ihm dabei vorwurfsvoll in die Augen zu blicken. Aber war die Geschichte denn wahr? Warum, zum Beispiel, wäre er beinahe ertrunken? Diesen Teil der Geschichte verstand er überhaupt nicht. Vielleicht war er ins Wasser hineingerutscht, aber Mütter, die ihre kleinen Kinder, die noch unsicher auf den Beinen sind, an gefährlichen Stellen herumlaufen lassen, passen doch sicher auf... nein, vielleicht wollte meine Mutter mich loswerden und hat mich ins Wasser geworfen... dann hat sie auf einmal Angst bekommen und mich gerettet... Oft war Umewaka in seinen Gedanken bis an diesen Punkt gekommen. Oder war seine Mutter vielleicht von zu Hause weggelaufen... war sie, um ihrem Mann wehzutun, mit ihrem Sohn auf dem Arm ins Wasser gesprungen... und ist aber aus Angst vor dem Sterben wieder herausgekrochen? Oder war sie einmal zusammen mit seinem Vater am Ufer spazierengegangen, und der Vater hatte gesagt, er wolle sich von ihr trennen, und sie war ins Wasser gesprungen, weil sie gedacht hatte, er würde sie retten, wenn sie mit ihrem Kind auf dem Arm in den Fluß springen würde... und hatte sie vielleicht, weil der Vater gar nicht daran dachte, sie zu retten, mit eigener Kraft wieder herauskriechen müssen? Ein Unfall kann es jedenfalls nicht gewesen sein. Immer wieder, als wollte sie ihn zur Dankbarkeit verpflichten, hatte sie ihm bis in sein fünftes Lebensjahr diese Geschichte erzählt, dann hörte sie plötzlich auf damit. Es war unheimlich, wenn sie später behauptete, so eine Geschichte nie erzählt zu haben. Es war aber auch unheimlich, als sie ihm auf eine sonderbare Weise, als hätte sie eine Schuld wiedergutzumachen, zu dienen begann und ihm, obgleich seine Noten immer schlechter wurden, auch weiterhin das Abendessen zubereitete, ohne daß ein Wort des Tadels über ihre Lippen kam. Aber an den Abenden, an denen Umewaka ausging, wurden die Nudeln immer weich und kalt, und sie warf sie weg. Weil Umewaka immer schlechte Laune bekam, wenn sie ihn fragte, wohin er denn ginge, hörte sie zu fragen auf und kochte ihre Nudeln nun mit einem apathischen Gesicht. Dachte Umewaka an seine Mutter, wurde seine Darmgegend ganz heiß.

Als Mayuko *Was machst du denn da so lange?* rief, erschrak Umewaka und ging ins Zimmer zurück, Mayuko saß, die Arme um ihre Knie gelegt, in einer Ecke. Sie schaute ihn von unten an wie ein Kind, das eine Rüge erwartete. Als sie ihn eindringlich fragte *Was denkst du? Du denkst sicher etwas sehr Wichtiges?* konnte er nicht mehr lügen. Und er erzählte seine wahre Geschichte. Er setzte sich neben Mayuko und betrachtete, während er erzählte, seinen Daumennagel. Mayuko hörte ihm schweigsam zu. Seit seiner Kindheit lastete diese Geschichte auf Umewaka, aber bisher hatte er sie noch niemandem erzählt. Er hatte immer gedacht, seine Geschichte sei zu belanglos, um sie anderen zu erzählen, aber jetzt, da er zu erzählen angefangen hatte, fragte er sich, ob er sie bisher einfach deshalb nicht hatte erzählen können, weil sie so große Geheimnisse enthielt. Er verstand selbst nicht, warum er einer so sonderbaren Kundin wie Mayuko seine Geschichte erzählen konnte. Vielleicht hatte der Faltenmann seinen Sinn geändert: Als er fertig war, atmete er auf, weil Mayuko ein ernstes Gesicht machte und schwieg. Als Umewaka, als würde er sich selbst eine Frage stellen, sagte *'Mein ganzes Gesicht war blutverschmiert'- warum hat sie mir immer diese idiotische Sache erzählt?* fühlte Mayuko sich plötzlich müde und wollte alleine sein.

Mayuko stand auf und zog sich an. Umewaka brachte sie zum Bahnhof Higashimukôjima, von wo sie nach Hause fuhr. Wenn er mich nicht begleiten würde, dachte Mayuko auf dem Weg zum Bahnhof, würde ich mich in den engen Straßen sicher verirren, sie hielt ihn an der Hand und machte mit Absicht unregelmäßige Schritte. Umewaka ließ sich aber nicht zum Stolpern bringen und schritt eilig voran. An diesem Tag stolperten die beiden nicht mehr. Mayuko erinnerte sich nicht mehr, wie weit und in welcher Richtung sie sich bewegt hatte, seit sie am Abend hier angekommen war. Es hatte aufgehört zu regnen. Weil Umewaka kein Geld verlangt hatte, kam es ihr vor, als würde ihr Rücken jucken und ihr Nacken glühen.

Als sie wieder in ihrer Wohnung war, erinnerte sich Mayuko auf einmal genau an das in Falten eingepackte Gesicht des Mannes, den sie im Café gesehen hatte. Um es ihrem Gedächtnis noch tiefer einzuprägen, nahm sie einen Pinsel -, da der Geruch der Farben sie schrecklich hungrig machte, holte sie den Rest eines Käsekuchens aus dem Kühlschrank und biß hinein, jäh erinnerte sie sich jetzt daran, daß die Wäsche ja noch draußen hing, und sie öffnete das Fenster. Die halbgetrockneten Hemden rochen nach feuchter Baumwolle. Ihr Geruch und ihr Geschmack erregten Mayuko. Als sie vorhin, von Umewakas Aufrichtigkeit veranlaßt, sich seinem Rhythmus anpaßte und mit ihm schlief, hatte sie keine große geschlechtliche Erregung empfunden. Aber das hatte sie nicht besonders gestört. Denn die Wahrscheinlichkeit, daß die aus einem seltsamen Zusammenwirken der fünf Sinne hervorgehende, den menschlichen Willen mißachtende geschlechtliche Erregung auch ein gutes Timing bewirkt, wenn man mit einem Mann schläft, ist äußerst gering. Man sollte daher nicht über mangelnde Übereinstimmung klagen, sondern es damit gut sein lassen, daß der Mann als Mann und das Geschlecht als Geschlecht zu verschiedenen Zeiten zu Besuch kommen. Also dachte Mayuko.

Sie goß Wasser in ein Glas, stellte den Pinsel hinein, öffnete eine Tube mit roter Farbe, roch daran und drückte ein wenig davon auf ihre Handfläche. Sie holte den Pinsel aus dem Glas und begann, ein altes runzliges Männergesicht auf ihre Hand zu malen. Die Pinselspitze glitt nicht besonders gut. Das Rot malte nur einen unebenen Kreis.

Mayuko liebte den giftigen Geruch und die Klebrigkeit des Pinsels und der Farbe. Der Pinsel malte, wie der Schwanz eines kleinen Tiers, erneut einen Kreis und sprang dann sich drehend in die Luft. Kleine rote Tropfen flogen. Mayuko fühlte in ihrem Gesicht etwas Kaltes. An der Hand, mit der sie es wegwischen wollte, klebte rote Farbe. Sie schaute in den Spiegel. Auf ihren Lippen haftete Farbe. Es sah aus, als wäre sie aus ihrem Mund herausgeflossen. Aber sie war durchsichtig und hell. Anders als Blut. Und Mayuko sagte *Ich habe mich mit Blut beschmiert. Um dich vor dem Ertrinken zu retten.*

***

Einige Tage lang dachte Mayuko, daß sie den Sumida-Bezirk nicht mehr betreten sollte. Nicht, weil sie sich irgendeiner Sache entziehen wollte, sondern weil sie es als wohltuend empfand, in Tokio ein Gravitationszentrum zu haben, einen Ort, der ihr gerade deshalb nicht aus dem Sinn ging, weil sie ihn nicht so ohne weiteres besuchen konnte. Obwohl sie ihn doch besuchen wollte. Dies war jetzt ihre einzige Freude.

Mayuko hatte bisher nicht bewußt auf Distrikte, Orte oder Stadtteile geachtet, sie hatte immer nur die Menschen gesehen. Orte hatten für sie nur Bedeutung gehabt, wenn dort jemand wohnte oder wenn sie sich dort mit jemandem verabredet hatte. Jede Gegend hatte für sie die Gestalt eines Menschen gehabt. Aber seit sie niemanden mehr traf und auch nicht mehr zur Arbeit ging, verschwanden die Menschengesichter nach und nach, und die Gegenden kamen zum Vorschein. Weil die beiden, die in einem Café in Ogikubo am Nachbartisch saßen, über botanische Gärten gesprochen hatten, ging sie doch wieder in jenen Stadtteil, den nicht mehr zu betreten sie geglaubt hatte. — Denn am nächsten Sonntag trank Mayuko mittags in einem Café alleine Tee. Der Mann redete begeistert von Tier- und Pflanzenbildern aus Laserstrahlen, und die Frau sagte mehrmals, daß es genau aus diesem Grund mit ihm keinen Sinn hätte. Der Mann wurde immer ernster und sagte schließlich *Laserbilder besitzen auch Schwerkraft!* Die Frau erwiderte *Die Schwerkraft interessiert mich nicht!* Von dem Augenblick an, in dem der Mann *Du bist eben eine verwöhnte Bienenkönigin!* gesagt hatte, war Mayuko von dem Gespräch der beiden gefesselt. Sie erfuhr, daß die Frau an einem Institut arbeitete, wo sie Bienen und andere Insekten erforschte, und daß der Mann Gedichte schrieb. Er schien botanische Gärten nicht als normale öffentliche Einrichtungen zu betrachten, weil einer seiner Bekannten beim botanischen Garten des Sumida-Bezirks angestellt war. Er hatte bei einem der Gedichtwettbewerbe, die dieser botanische Garten in jedem Herbst ausrichtet, einen Preis gewonnen und sich darüber sehr gefreut. Er sagte, daß er, als er die Blumen aus Laserstrahlen sah, zum ersten

Mal die Gedichte der Kokinwakashû-Sammlung verstanden habe. Die Frau war so alt wie Mayuko, aber mit ihrem großen, klar geschnittenen Körper, der in ein graues Kostüm gepackt war, sah sie wie ein Bleisoldat aus, und um ihre dick und grellrot geschminkten, ein wenig hochgezogenen Lippen spielte ein grausames Lächeln.

Als der Mann sich einmal entschuldigte und wegging, fragte Mayuko die Frau *Entschuldigen Sie bitte, aber wo ist dieser botanische Garten? Ist er in der Nähe des Sumida-Flusses?* Die Frau ließ ihren Blick abschätzend vom Gesicht bis zur Brust Mayukos gleiten, lachte kalt und vornehm und sagte *Offensichtlich bereuen Sie etwas!* Mayuko fühlte sich mißverstanden, schämte sich zugleich aber auch, als wäre sie wieder einmal durchschaut worden, und sie entgegnete mit Nachdruck *Nicht im geringsten!* Wußte dabei aber selbst nicht, was sie sagte. Die Frau stand auf, sagte *Ohne Selbsterkenntnis ist alles umsonst!* und gab mit Kinn und Zeigefingerspitze das Zeichen, ihr nach draußen zu folgen.

Beim Verlassen des Cafés fiel Mayuko ein kleiner Mann mit krummem Rücken auf, der in der Nähe der Tür saß und Kaffee trank. Sie sah ihn nur von hinten, zweifellos war es der Faltenmann. Aber sie konnte nicht stehenbleiben. Die Frau stieß so kräftig gegen Mayukos Rücken, daß sie fast auf die Straße hinausstolperte. Die Frau war viel größer als Mayuko und hatte, obwohl sie dünn war, erschreckend starke Arme. Und mit diesen Armen schleifte sie Mayuko zur U-Bahnlinie Marunouchi. Damit die Leute um sie nichts bemerkten, machte Mayuko ein möglichst gleichgültiges Gesicht. In Wirklichkeit aber tat ihr der Arm, den die Frau gepackt hielt, weh, und ihre linke Körperhälfte war wie gelähmt. Die Frau betrachtete Mayukos Gesicht eine Weile und sagte dann drohend *Gleich werde ich wissen, ob Sie wirklich in den botanischen Garten gehen wollen, ober ob es nur ein Vorwand ist!* Als sie dies hörte, verlor Mayuko alles Vertrauen in ihr eigenes Gefühl.

Mayuko haßte alle Dinge, die mittels Licht Bilder hervorbrachten. Ferngesehen hatte sie nur in ihrer Kindheit, für Computerspiele hatte sie sich nie interessiert, und selbstverständlich hatte sie sich auch noch keine Laserspektakel angeschaut. Es war daher klar, daß ihr eine Arbeit, bei der sie vor einem Computer sitzen und Daten eingeben mußte, unsympathisch war. Sie haßte Katsumi sogar, weil sie Mayuko dazu zwingen wollte. Katsumi hatte ihr oft gesagt *Ich will doch nur dein Bestes!* Seit ihrer Oberschulzeit hatte sie Mayuko mit ihrer übertriebenen Fürsorge gequält. Immer wenn sie ihr einen *netten Jungen* vorstellen wollte, versuchte Mayuko, ihr dies verzweifelt auszureden. Katsumi benahm sich seit ihrer Studienzeit wie eine Bienenkönigin, stets war sie von kleinen, hübschen Männern umgeben. Und sie konnte dem Trieb nicht widerstehen, immer wieder einen davon Mayuko aufdrängen zu wollen. Von

Anfang an war es Mayuko nicht möglich gewesen, Katsumi etwas abzuschlagen. Auch in bezug auf ihre ungeliebte Arbeit war das so gewesen. Sie hatte zwar keine Alternative, aber obwohl sie sofort wußte, daß sie für diese Arbeit nicht geeignet war, konnte sie nicht nein sagen. Vom ersten Arbeitstag an schon lebte sie mit dem Gedanken an den letzten. Vielleicht darf man daher die Tatsache, daß sie die Firma verlassen hat, als Versagen deuten. Aber Mayuko glaubte nicht, etwas Böses getan zu haben. Wenn sie etwas Böses getan hatte, dann sollte man sie doch verfolgen und bestrafen. Sie würde nicht wegrennen, sondern warten. Wenn jemand sie festnehmen wollte, dann könnte er es jederzeit tun. Unheimlich war nur, daß Katsumi sie kein einziges Mal angerufen hatte. Und es waren seither doch schon fast drei Wochen vergangen.

Als brauchte die U-Bahn die Endstation nie zu erreichen, hielt sie schon nach einer kurzen Fahrt wieder an. Es war, als würde die Zeit stückweise aufgeschoben. Früher hatte Mayuko diese Eigenart der Marunouchi-Linie geliebt, aber seit sie zu arbeiten begonnen hatte, war diese Wahrnehmung immer schwächer geworden. Erst nachdem sie die Firma wieder verlassen hatte, stellte sich ihre ursprüngliche Empfindung allmählich wieder ein.

Die Frau fragte tückisch *Sie hassen doch Dinge, die leuchten. Warum wollen Sie sich dann Laservorstellungen im botanischen Garten ansehen?* Erschreckt schrie Mayuko

Was? Dinge, die leuchten? Ein junger Mann, offensichtlich ein Firmenangestellter, der neben Mayuko stand, schaute sie mißtrauisch an. Mayuko senkte den Kopf und starrte auf den Boden. Sie wollte keine Bilder aus Licht sehen, sondern nur einen Ort besuchen, der *Botanischer Garten* hieß, und obwohl es keine Ausrede gewesen wäre, sagte sie es der Frau nicht. Denn wenn sie es gesagt hätte, hätte die Frau es für eine Ausrede gehalten.

Sie stiegen mehrmals um, liefen durch unterirdische Gänge, und als ihre Reise endlich zu Ende war und sie wieder ins Freie traten, war Mayuko von der Schwere und der Dichte der Luft ganz benommen. Sie liefen eine Hecke entlang, die sachte von einem Bambusgrün ins Strohfarbene überging. Mayuko wußte, daß die Frau sie überwachte, aber das gab ihr auch ein sicheres Gefühl. Denn wenn ihr Ich von niemandem überwacht würde, hätte es noch viel weniger Selbstvertrauen als jetzt. Nicht nur das, sie hätte dann gar keinen Grund mehr, in den botanischen Garten zu gehen. Da sie also nicht behaupten konnte, daß es ihr unangenehm sei, von der Frau überwacht zu werden, blieb ihr nur übrig weiterzugehen. Gehorsam nahm sie die Strafen entgegen. Botanische Gärten sind langweilig. Wieviel langweiliger aber sind Orte mit dem Namen *Botanischer Garten*.

Hinter dem Tor des botanischen Gartens stand ein großes Schild mit der Aufschrift *Es ist Juni*. Vor dem Schild hatten sich eine Frau, der eine Sporttasche von der Schulter hing, und ein Mann ohne Taille für ein Erinnerungsfoto postiert. Eingeklemmt zwischen den beiden stand ein kleiner Junge. Der Junge wollte wegrennen, aber die Erwachsenen preßten sich von zwei Seiten so fest gegen ihn, daß er sich, gleich einem Sandwichbelag, nicht rühren konnte. Mayuko dachte, das ist, was man einen *Familienausflug* nennt. Sie hatte in den Zeitschriften oft von Unternehmungen *für die ganze Familie* gelesen.

Im botanischen Garten fiel einem der Autolärm, von dem man außerhalb der Hecke umtost wurde, nicht auf. Vielleicht weil hier so viele Bäume standen. Man hatte die Illusion, sich in den Wäldern von Musashino zu befinden. Mit einem etwas verzweifelten Lächeln sagte Mayuko *Es ist schon Juni. Da kann man von den Kirschbäumen und den Pflaumenbäumen wohl nicht mehr viel erwarten.* Die Frau schaute Mayuko verächtlich an und sagte vorwurfsvoll *Das nennt man: Wohltat mit Undank vergelten!* Mayuko wollte widersprechen, aber um ihre Lage nicht zu verschlimmern, wechselte sie das Thema und sagte in einem möglichst unbeschwerten Ton *Ob die wohl ein Alibi brauchen? Ist doch merkwürdig, daß sie ihre Fotos alle vor dem Schild mit der Aufschrift 'Es ist Juni' machen!* Eine etwa fünfundfünfzigjährige Frau, die neben ihr stand, antwortete, als würde sie einem Kind etwas erklären, *Ausflüge sind doch langweilig, wenn man nicht weiß, welche Jahreszeit gerade ist!*

Dann zwinkerte sie Mayukos Begleiterin zu, als wollte sie *O, mein Gott!* sagen. Sie hielt sie wahrscheinlich für Mayukos Wärterin. Mayuko wirkte also wie ein Mensch, den man nicht alleine auf die Straße lassen durfte.

Im Juni blühen die Schwertlilien, das Mädesüß und die Hortensien. Wenn man auf Knöpfe drückte, auf denen diese Namen eingraviert waren, erschienen in einem Blumenbeet, das wie eine kleine Bühne hergerichtet war, Bilder der jeweiligen Blumen und verschwanden wieder. Der Mann vorhin hatte behauptet, die seien wirklich dreidimensional, aber Mayuko konnte es immer noch nicht glauben, daß Bilder aus Laserstrahlen eine Schwerkraft haben. Sie fand es übrigens weniger langweilig, als sie erwartet hatte. Mayuko fand es sogar neu und interessant, daß die Blumen spurlos verschwanden und, nachdem sie verschwunden waren, weder ihre Form noch ihre Farbe im Gedächtnis zurückblieben.

In dem Augenblick aber, als Mayuko *Interessant!* gedacht hatte, stieß die Frau ihren Zeigefinger in Mayukos rechtes Auge und rührte es einmal um. Ein stechender Schmerz nahm Mayuko den Atem, und sie brach zusammen. Tränen wollten herausfließen, wurden aber vom Weiß des Auges wie von einer dicken Wand daran gehindert und flossen in den Körper hinein. Mayuko hatte gedacht, wenn sie nur ruhig und geduldig wartete, würde der Schmerz aufhören, aber die Zeit stockte. Als sie nach einer ziemlichen Weile aufblickte, war die Frau nicht mehr da. Mayuko machte sich mit unsicheren Schritten auf den Weg. Anders als in Shinjuku oder Shibuya hatte man in dieser Gegend den Eindruck, daß der Autolärm sich vage in dem großen Äther verbreitete und aus der Ferne in Wirbeln näherkam. Vielleicht weil es in der Nähe einen Fluß gab. Als Mayuko durch diesen Lärm, der sie wie eine Hülle umschloß, schritt, ließen ihre Schmerzen zwar nach, hörten aber nicht gänzlich auf. Sie kamen in Wellen zurück und stachen in Mayukos Netzhaut wie ein zu helles Licht. Es kam ihr plötzlich so vor, als müsse sie jemanden besuchen, der hier in der Nähe wohnte. Aber ihre Gedanken blieben unscharf. Es war, als würde ihre Aufmerksamkeit von den Schmerzen, die mit dem vagen Lärm kamen und verschwanden, verschluckt.

Nach einer Weile kam sie zu einem Platz, wo eine Gruppe von Menschen sich versammelt hatte. Auf einem Schild stand *Mokubo-Tempel,* Tempel der Holzmutter. Was ist das für ein Tempel? In einem Glaskasten, der wie ein Brutapparat aussah, stand ein kleines Tempelgebäude. Dürfen zu früh geborene Betontempel wie unterentwickelte Menschenbabys nicht mit der Außenluft in Berührung kommen? Uber den Kasten spannte sich eine gedrungene, graue Brücke, die *Autobahn* genannt wurde. Mayuko konnte von hier unten zwar keine Autos sehen, aber ein Lärmklumpen nach dem anderen rollte vorbei. Die Leute falteten ihre Hände, schlossen die Augen und beteten Sutren. Als würden sie die Autos anbeten. Als sie den Tempelvorplatz nach Beendigung ihrer Gebete verließen, hatten ihre Stirnen einen schwermütigen Ausdruck, als würden sie an verlorene Dinge denken. Eine Stimme erklärte *Umewakamaro, ein Adliger aus Kioto, wurde von Menschenhändlern geraubt und hierhergebracht, wo er an einer Krankheit gestorben ist.* Ein Mann, der hinter Mayuko stand, wohl ein Universitätsstudent, gab diese Erläuterung seiner Begleiterin. Er fuhr fort *Die Mutter folgte ihrem von Menschenhändlern geraubten Sohn Umewakamaro und kam hier an den Sumida-Fluß, wo sie übersetzen wollte, sie hörte, daß am Flußufer eine Große Lobpreisung Buddhas stattfand, und erfuhr im Gespräch mit einem Fährmann, daß ihr Sohn genau vor einem Jahr an einer Krankheit gestorben sei. Die Mutter mischte sich unter die anderen Gläubigen, und als sie das Nembutsu, die Lobpreisung Buddhas, anstimmte, erschien ihr Umewakamaro noch einmal, doch als sie ihn umarmen wollte, verschwand er wieder.*

Falsch! fuhr von der Seite plötzlich eine rauhe Stimme dazwischen. *Umewaka wurde von seiner Mutter in den Sumida-Fluß gestoßen und ist ertrunken!* Mayuko drehte sich um und erblickte einen alten Mann, der sich einen Bergsteigerhut tief ins Gesicht gezogen hatte. Der Hut verbarg sein Gesicht, aber mit seiner kleinen Gestalt und dem

Stock, den er in der Hand hatte, war er ein Ebenbild des Faltenmannes. Der Student und seine Begleiterin verstummten und gingen verängstigt weg. Mayuko neigte den Kopf ein wenig und begrüßte den alten Mann. Vielleicht war es der Alte von damals. Vielleicht war er es nicht. Jedenfalls sah Mayuko in ihm einen Geist, der aus den Falten der Stadt aufgetaucht war und vor dem sie unwillkürlich den Kopf neigen mußte.

***

Umewaka hatte sich hinter einen Stapel feuchter Holzkästen geduckt und versuchte leise zu atmen. Weil er nur durch den Mund atmete, um sein eigenes Erbrochenes nicht riechen zu müssen, hatte er Angst, daß seine Atemgeräusche zu laut sein könnten. Das Schiff schien endlich angelegt zu haben, es schwankte viel stärker als während der Fahrt, und die Mannschaft schrie aufgeregt durcheinander. *Gut so! Hier! Drinnen? Halt!*

Wenn ich nicht unbemerkt verschwinde, solange die Fracht abgeladen wird, werden sie mich schnappen und zur Polizei bringen, und am Schluß werde ich wieder nach Hause zurückgebracht. Vor lauter Anspannung wurde sein Magen, den die Seekrankheit schon entkräftet hatte, noch kleiner. Schritte und Stimmen näherten sich. Es war auch die Stimme einer Frau darunter. Oder bildete er sich das nur ein? Nein, die Stimme dieser Frau, die merkwürdig ruhig, wie eine Lehrerin, sprach, hatte er schon einmal gehört.

Als das Geräusch der Schritte im Frachtraum widerhallte, verschlug es Umewaka fast den Atem. Die Stimme der Frau, die mit einem Seemann sprach, war die Stimme seiner Mutter. War sie mit dem Flugzeug vorausgeflogen und lauerte jetzt hier auf ihn? Aber woher wußte sie, daß er auf diesem Schiff war? Und warum schien sie davon überzeugt zu sein, daß er sich versteckt hielt? Denn sie befahl dem Seemann *Er muß sich hinter diesen Kisten verstecken, hol ihn ein!*

Umewaka erhob im stillen gegen dieses *'Hol ihn ein!'* Einspruch - *Ich bin doch kein Wal!* Umewaka hatte sich oft über seine Mutter geärgert, wenn sie falsche Wörter gebrauchte, nur weil sie sich immer gewählt ausdrücken wollte.

Der Seemann war unwillig und murrte, weil ihm aber nichts anderes übrigblieb, schaute er hinter den Holzkisten nach — und sein Gesicht erstarrte, als er Umewaka entdeckte. Seine kräftigen Arme zerrten Umewaka mit Gewalt zu seiner Mutter. Er wollte wegrennen, aber der Seemann hielt ihn mit beiden Armen von hinten fest. *Hier entlang!* sagte die Mutter und ging ihnen auf das Deck voraus. Der Fluß war glatt und ausdruckslos. An beiden Ufern gab es Spazierwege, auf denen Leute Kinderwagen vor sich her schoben. In der Ferne sah man undeutlich, gleich einem Gebirgszug, eine Reihe von Hochhäusern. *Entsorge ihn hier!* sagte die Mutter in einem Behördenton.

Umewaka wollte fragen *Was bedeutet 'entsorgen'?* Aber die Stimme versagte ihm. Der Seemann schaute ihm ins Gesicht und lachte boshaft. Die Mutter trieb ihn zur Eile an *Los, hier ist es gut!* Umewaka sollte also in den Fluß geworfen werden. Die Mutter wollte ein Ding von minderwertiger Qualität, das sie geboren hatte, mit eigener Hand wieder beseitigen. Eine Tat, die sich in den Augen der Leute offensichtlich nicht nur als gerecht, sondern auch als schön darstellte. Die Spaziergänger hielten inne und ergötzten sich an der Szene, einer von ihnen schaute durch ein Teleobjektiv, das er herausgeholt hatte. Hinter Umewaka hatten sich viele Seeleute versammelt, die ihn Zigaretten rauchend begutachteten *Er hat herrliche schmale Hüften. Aber seine Haare sind zu lang.*

Umewaka schrie auf und erwachte aus seinen Träumereien. Mayuko stand vor ihm. Umewaka murmelte ein wenig verwirrt *Da bist du ja wieder.* Obwohl er eigentlich vor seinen Kundinnen keine Scham mehr hätte empfinden sollen, wußte Umewaka in diesem Augenblick, daß ihm die Stirn gleich brennen würde. Bei der letzten Begegnung mit Mayuko hatte er eine gewisse Scheu verspürt. Heute mußte er von Anfang an und klipp und klar *nein* sagen. Bevor Mayuko ihn einladen konnte, sagte er schnell *Ent-*

schuldige, aber ich kann heute nicht mit dir Kaffee trinken gehen, ich bin im Dienst. Einen Augenblick lang erstarrte Mayuko, dann lächelte sie aber sofort wieder, holte zwei Zehntausend-Yen-Noten aus ihrer Handtasche und drückte sie Umewaka in die Hand. Dieser dachte *Verdammt!* konnte aber nichts machen, da er es ja selbst gesagt hatte. Wenn er nicht *Ich bin im Dienst,* sondern *Ich warte auf meine Favoritin* gesagt hätte, wäre Mayuko wahrscheinlich schweigend weggegangen.

Nachdem Mayuko bezahlt hatte, fühlte sie sich befreit. Als er sie abgewiesen hatte, war sie innerlich erstarrt, aber ihre Erstarrung hatte sich wieder gelöst, als sie ihm das Geld gab, und da Umewaka wohl selbst nicht wußte, was er dachte, wollte auch sie sich nicht mehr weiter darum kümmern. Mayuko hatte früher oft Erzählungen gelesen, in denen häßliche Geschäftsmänner mittleren Alters mit schönen Prostituierten schlafen. Sie hatte es immer seltsam gefunden, daß diese Geschäftsmänner sich ihrer Körper nicht schämten. Aber heute begann sie zu verstehen. Die Frage nach schön oder häßlich ist völlig belanglos. Wer zahlt, der begreift das. Mayuko hielt ihren Körper nicht für häßlich, aber sie glaubte auch nicht, daß sie bei den jungen Männern eine besondere Leidenschaft erregen könnte. Nüchtern betrachtet war ein Körper ja nur ein merkwürdiges, in Fleisch und Haut eingepacktes Gerüst aus Knochen.

Mayuko streichelte die Haare Umewakas, der geräuschvoll an ihren Brustspitzen saugte und kaute. Sie wußte nicht, was er empfand. Da sie nicht einmal darüber erschrak, daß sie es gar nicht wissen wollte, wurde ihr doch ein wenig sonderbar. Empfand Umewaka, weil er im Dienst war, vielleicht gar nichts? Sie stellte sich vor, wie Umewaka außerhalb des Dienstes seine wirkliche Geliebte umarmte. Aber nun begriff sie noch weniger. Sie unterschied sich doch eigentlich gar nicht so sehr von einer wirklichen Geliebten. Freilich würde eine wirkliche Geliebte als Antwort auf seine sexuellen Bemühungen allerlei Reaktionen zeigen, und Umewaka würde vielleicht nicht merken, daß sie ihm nur etwas vorspielt, es könnte aber auch sein, daß es ihm ganz gleichgültig wäre. Umewaka hatte sicher eigene Gründe, so zu sein, Gründe, die mit seinen Partnerinnen nichts zu tun hatten. Vielleicht hatte Umewaka ja gar keine wirkliche Geliebte. Vielleicht wollte er keine. Würde er denn sonst dieser Arbeit nachgehen?

Sie spürte die weichen Haare Umewakas an ihrer Handfläche. Hierin lag etwas, das ihre Seele wirklich erfreute. Aber die tröstliche Sanftheit dieser Haare verwandelte sich nach und nach zu einer ärgerlichen Weichheit. Sie fand eine Schere in ihrer Handtasche. Sie sagte *Ich möchte ein kleines Andenken!* Und im Nu hatte sie an seinem Hinterkopf eine Locke abgeschnitten. Umewaka wurde zornig. Wie ein kleines Kind, dem man wider Willen die Haare abgeschnitten hat. Er stieß Mayuko weg. Die erste Gewalt, die man Kindern antut, ist, daß man ihnen die Haare abschneidet. Und damit sie die einmal erfahrene Gewalt nicht wieder vergessen, rauben die Erwachsenen den Kindern, wenn sie in die Pubertät kommen, aus unersichtlichen Gründen wieder die Haare. Ein wilder Zorn stieg in Umewaka auf, wenn er an seine Zeit in der Mittelschule dachte, als er seine Haare kurzgeschoren tragen mußte. Auch seine Mutter hatte ihm Gewalt angetan. Mit einem frohen Gesicht hatte sie zu ihm gesagt *Geh zum Frisör!* Umewaka erinnerte sich an die Grausamkeit, die in ihrem fröhlichen Ton verborgen war. Er erschrak darüber, daß er noch immer mit solcher Verbitterung daran zurückdachte.

Aber vielleicht war er zu weit gegangen, als er Mayuko weggestoßen hatte. Mayuko war ja nicht für den Charakter seiner Mutter verantwortlich. Als sie sagte *Ich gehe jetzt nach Hause!* zog Umewaka sie wieder zu sich, umarmte sie und drückte seine Stirn auf ihren Rücken. Dann liebkoste er die glatte Haut dieses Rückens. Er hatte nicht das Gefühl, sich für irgend etwas entschuldigen zu müssen, aber sein gewalttätiges Verhalten war ein klarer Regelverstoß gewesen, daher glaubte er, Mayuko bitten zu müssen, dies alles zu vergessen. Umewakas Liebkosung verbreitete über Mayukos Rücken ein seltsames Wohlgefühl. Ein feines Zittern, das sich durch die Kapillaren auf ihren ganzen Körper übertrug. Sie sagte beim Weggehen vergnügt *Wie gut, daß ich bezahlt habe! Immer nur bezahlen... Geld...*

Umewaka verstand nicht, warum sie mit einem heiteren Gesicht solch sonderbare Dinge aussprach. Zum ersten Mal empfand er es als sehr schmerzlich, nicht zu wissen, was ein anderer denkt.

***

Zurück in ihrer Wohnung legte Mayuko sich auf ihr Bett. Es erschien ihr zu anstrengend, die Ereignisse des heutigen Tages zu durchdenken. Da einige Szenen, die ihr immer wieder in den Sinn kamen und sie quälten, ihr Nichtstun störten, entschloß sie sich, einen Kriminalroman zu lesen. Nach einiger Zeit fing ihr linkes Auge unerträglich zu jucken an. Mayuko behielt das Buch in der linken Hand und drückte mit der rechten auf ihre Augenlider und kratzte mit einem Fingernagel am Ansatz ihrer Wimpern. Nach einer Weile trübte sich ihre Sicht. Als wäre eine künstliche Faser in ihr Auge eingedrungen. Sie schaute unter einer Neonlampe in ihren Spiegel und sah, daß bei jedem Blinzeln auf der Oberfläche ihres Augapfels eine Art langer Silberfaden aufleuchtete. Sie berührte den Faden mit ihrem Zeigefinger und versuchte, ihn herauszufischen, aber da die Oberfläche des Augapfels hart und trocken war, hatte sie keinen Erfolg. Sie erinnerte sich daran, daß die Frau im botanischen Garten ihren Finger in Mayukos Auge gestoßen und umgerührt hatte. Es hatte Mayuko sehr weh getan: Ob ihr Auge deswegen so eigenartig geworden war? Plötzlich flossen Zornestränen aus ihren Augen, die jenes fadenartige Etwas mit sich schwemmten. Sein Ende hing nun aus dem Auge heraus. Mayuko packte es und zog daran. Es war sehr lang. Sie schauderte bei dem Gedanken, daß eine so lange, dünne Faser wie eine Spirale in ihrem Auge gesteckt hatte. Heute wollte sie nicht mehr weiterlesen. Sie schlief bald ein.

Als sie am nächsten Morgen aufwachte, war ihr rechtes Auge schwer und heiß, außerdem war es so verklebt, daß sie es nicht öffnen konnte, im Spiegel sah sie, daß ihr rechtes Augenlid Fäden zog wie gegorene Sojabohnen, und an einer Pore, aus der eine Wimper wuchs, hatte sich eine Art Hirsekorn gebildet. Offensichtlich hatte sich dort Eiter angesammelt.

Am Nachmittag schwoll das Hirsekorn so stark an, daß es bei jedem Blinzeln wippte und zitterte. Mayuko sah resignierend ein, daß sie zu einem Augenarzt gehen mußte. In ihrer Kindheit hatte sie das Telefonbuch einmal nach den Adressen von Ärzten, die Augenoperationen durchführten, durchsucht. Damals hatte man ihr nur, weil ein Gerstenkorn an ihrem Auge nicht heilte, eine Verhärtung, eine Art kleinen Stein, entfernt. Sie erinnerte sich zu ihrem eigenen Erstaunen nicht mehr daran, ob die Operation unangenehm oder interessant war, sie wußte nur noch, daß sie das Wort *monomorai,* Gerstenkorn, schrecklich gefunden hatte. Sie hatte dieses Wort nie in den Mund nehmen können, ohne sich an die Erzählung von Kindern zu erinnern, die von ihren Eltern ausgesetzt worden waren und wie Geister in den Städten umgingen. Weil diese Kinder, die von den Leuten Dinge, *mono,* erhielten, *morai,* als *monomorai* verlacht und gehaßt wurden, hatte das Wort *monomorai* für Mayuko einen finsteren Klang. Mayuko erinnerte sich noch, daß sie die Hintern der Rehe und die spitzen Nasen der Zwerge in dem grellbunten Bilderbuch, das im Wartezimmer lag, scheußlich fand. Und die Erinnerung an den Geruch von Medikamenten, die das Bewußtsein trübe machen, und an das düstere Grün der Plastikslipper, die an den Füßen kleben, ließ ihre Nerven zusammenschrumpfen. Damals hatte sie ihre Zeit mit der Befürchtung und der Hoffnung verbracht, daß endlich etwas geschehen würde. Dieses Gefühl war besonders stark gewesen, als der Arzt kam. Aber es war nichts geschehen. Sie konnte kaum mehr etwas sehen. Trotzdem verließ sie ihre Wohnung und fuhr mit der U-Bahn. Als sie die Praxis betrat, stürzte ihre ein wenig sentimental aufgeblähte Erinnerung in sich zusammen. Sie sagte sich, als wäre sie von jemandem betrogen worden, *Jetzt ist mir alles klar!* und biß sich, verärgert über ihre eigene Dummheit, auf die Lippen. Die hochgewachsene Ärztin, die in einem weißen Kittel vor ihr stand, sah aus wie die Frau, mit der Mayuko gestern im botanischen Garten war. Sie wäre nicht überrascht gewesen, wenn die beiden eineiige Zwillinge gewesen wären, und selbst wenn sich beide gegenseitig gar nicht gekannt hätten, wäre es Mayuko nicht mehr möglich gewesen, die beiden unabhängig voneinander zu denken. Die Ärztin schien so tief in die Augen Mayukos zu blicken, als wollte sie in ihrer Seele lesen. In Wirklichkeit aber betrachtete sie nur die Eiterung. Dann zog sich die Ärztin einen hauchdünnen, durchsichtigen Handschuh über die rechte Hand und zog aus Mayukos Auge vorsichtig ein faseriges Ding, das feiner war als ein Spinnennetz. Sie zog und zog, aber es wollte kein Ende nehmen. Mayuko war entsetzt, so ein langes Ding konnte nicht in ihrem Auge gesteckt haben, es mußte aus einem anderen Teil ihres Körpers stammen. Sie schrie *Hören Sie auf!* Doch die Ärztin sagte nur, ohne ihren Gesichtsausdruck zu ändern, *Aber deswegen sind Sie doch hergekommen! Wenn Sie es nicht wollen, warum sind Sie dann hier? — Hören Sie trotzdem auf zu ziehen!* — Die Ärztin lachte. *Sie sind doch gekommen, damit ich es entferne! Außerdem geht das, was ich bei Ihnen entferne, in meinen Besitz über.* Kaum hatte sie dies gesagt, rollte die Ärztin alles, was sie bisher herausgezogen hatte, geschickt zu einem kleinen Kokon, einem *mayu,* zusammen und aß ihn auf. Vielleicht schmeckte er wie Baumwollgebäck. Danach packte sie Mayukos Kinn und schob es unsanft nach oben, richtete ein kaltes Licht auf das Hirsekorn und untersuchte noch einmal genau die Oberfläche des Auges. Dann betupfte sie die Schwellung mit feuchter Watte, die sie mit einer Pinzette gepackt hatte. Sie fragte mit einer Strenge, als würde sie zu einem Verwandten sprechen *Warum sind Sie ausgerechnet in meine Praxis gekommen?* Als Mayuko erklärte *Ich hatte mich daran erinnert, daß ich als Kind hier einmal operiert worden bin und...,* unterbrach die Ärztin sie und sagte spöttisch *Ach, Sie wollen wieder zum Kind werden und haben deshalb Ihre Arbeit aufgegeben.* Wieso wußte sie sogar über die Arbeit anderer Leute Bescheid? Und warum redete sie trotzdem nur in Gemeinplätzen? Mayuko fühlte sich unbehaglich. Die Ärztin drückte jetzt eine Art weißer Farbe aus einer Tube und rieb sie tief in Mayukos Auge und legte ihr dann eine Augenbinde an. Mayuko protestierte mit leiser Stimme *Sie haben mir ja beide Augen verdeckt. Ich kann gar nichts mehr sehen!* Die Ärztin erwiderte nichts, nahm Mayuko bei der Hand, ließ sie aufstehen und führte sie in ein Nachbarzimmer.

Die Arztin sagte Mayuko noch, daß sie, ohne etwas zu sehen, nicht alleine nach Hause gehen könne, und wies sie an, sich ungefähr sechs Stunden in diesem Zimmer auszuruhen. Dann ging sie hinaus. Mayuko schauderte es vor diesen langen sechs Stunden. Vielleicht hatte die Ärztin etwas gemerkt und Mayuko in diesem Zimmer eingeschlossen, um sie zu bestrafen.

Nach einer Weile kam die Ärztin zurück. Sie sagte *Neh-*

men Sie dieses Schlafmittel und schlafen Sie, damit es Ihnen nicht so langweilig wird! schob Mayuko mit zwei Fingern eine Tablette in den Mund und drückte ihr ein Glas mit Wasser in die Hand. Die Hand, mit der die Ärztin Mayukos Lippen berührt hatte, steckte noch in dem dünnen Plastikhandschuh. Das Fleisch ihrer Finger, das Mayuko durch das Plastik hindurch fühlen konnte, war weder warm noch kalt. Mayuko schluckte die Tablette hinunter. Wenn sie gefragt worden wäre, ob sie eine Tablette einnehmen wolle oder nicht, hätte sie sicher nein gesagt, aber da sie einfach dazu gezwungen worden war, hatte sie dankenswerterweise nicht viel nachdenken müssen. Es war auch gut, daß ihre Augen verbunden waren, so brauchte sie das Gesicht der Ärztin nicht zu sehen. Was für ein Gesicht sie selbst machen sollte, wußte sie nicht. Mayuko war feige. Außerdem hatte sie ein schlechtes Gewissen. Die Ärztin half Mayuko, sich auf den Rücken zu legen, deckte sie mit einer Wolldecke zu und verließ das Zimmer.

Mayuko erzitterte, als sie spürte, daß die Salbe in die glasartige Oberfläche ihres Auges eindrang. Obgleich Flüssigkeiten doch, wie es heißt, in Glas nicht eindringen. War ihr Auge denn so schwer verletzt, und war es nicht seltsam, daß eine Augenärztin ihr ein Schlafmittel gegeben hatte? Ob sich irgendwelche geheimen Absichten dahinter verbargen? Wenn sie sich sehr konzentrierte, dann würde sie wohl nicht einschlafen. Und selbst wenn sie einschliefe, drohte ihr doch wohl keine Gefahr. Außerdem sollte die Ärztin wissen, daß sie nicht alles tun darf. Mayuko versuchte, sich mit solchen Gedanken aufzumuntern, mußte aber schließlich erkennen, daß sie sich in einer schwachen Position befand. Die Ärztin kam und riß die Wolldecke weg. Mayuko richtete sich reflexartig auf und öffnete die Knöpfe ihrer Bluse, obwohl ihr nicht gesagt worden war, sie solle sich ausziehen. Es klang nach einer Ausrede, als sie sagte *Mein Rücken tut mir weh*. Die Ärztin grinste, zog ihr die Bluse aus und begann, mit einem Lineal Mayukos Rücken zu messen. Nicht nur Länge und Breite. Sie maß auch die Abstände zwischen den Knochen, sie bewegte das Lineal immer ein kleines Stückchen weiter und klatschte es jedesmal mit einem leise peitschenden Geräusch auf die Haut, so daß Mayukos Rücken zu glühen anfing. Die Ärztin schwieg bei ihrer Arbeit. Mayuko konnte dieses Schweigen und das Klatschen des Lineals allmählich nicht mehr ertragen. Ihr Magen verkrampfte sich. Ihr Körper krümmte sich. Sie drehte sich um, spitzte ihre Lippen zu einer Art Schnabel und drückte sie heftig in die weichen Falten, die der weiße Kittel am Bauch der Ärztin warf. Sie preßte mit aller Kraft, als wollte sie in diesem weißen Kittel verschwinden. Ihr fehlte die Gelassenheit, die sie empfand, wenn sie mit Umewaka zusammen war. Und da sie befürchtete, diese peinliche Situation vor Scham nicht durchstehen zu können, wenn sie auch nur ein wenig nachgäbe, trieb sie ihren Körper, der doch ruhen wollte, an, sich immer tiefer in den Leib der Ärztin hineinzudrängen.

Diese sagte in einem befehlenden Ton *Auch so gelingt es Ihnen nicht zu fliehen!* und drückte Mayuko mit dem Gesicht auf das Bett. Dann begann sie, mit einem spitzen Gegenstand, einer Art Stahlfeder, Mayukos Rückgrat entlang Stiche zu setzen. Dabei sagte sie mit einer kalten Stimme *Sie glauben wohl, andere ungestraft täuschen zu können!* Aus Mayukos Mund kam ein leises Stöhnen. Sie hatte keine Kraft mehr in ihren Schultern und ihren Gliedern und konnte sich nicht mehr bewegen. Sie wollte ihre Schmerzen unterdrücken, indem sie ihre Aufmerksamkeit auf die Schmerzstellen auf ihrem Rücken zu richten versuchte, aber die Oberfläche ihres Rückens breitete sich mit jedem Stich aus, und es war ihr unmöglich, die Einstichstellen genau zu erfühlen.

Sie haben in der Firma Geld entwendet, nicht wahr! Es kam Mayuko so vor, als hätte die Ärztin dies in einem heiteren und wohlartikulierten Ton gesagt. *Warum hätten Sie sonst die Firma stillschweigend verlassen sollen? Offensichtlich haben Sie es sofort vergessen. Ihr Gedächtnis ist nicht besonders zuverlässig.* Die Ärztin atmete immer heftiger, und die Abstände zwischen den Stichen wurden unendlich kurz. Außerdem lagen die Stiche nicht auf einer Linie. Es war, als würde ein Schwarm von Bienen über ihrem

Rücken kreisen, und eine Biene nach der anderen würde jetzt hier und jetzt da in ihre Haut stechen, unterdessen hatte Mayuko das Gefühl, daß sie nicht in ihre Haut, sondern in ihre Hüftknochen stechen würde. Mit Nadelspitzen, die bis in das braune schlammige Mark ihrer Knochen reichen. Es war ihr unangenehm, nicht zu wissen, ob ihre Haut von Schweiß oder von Blut so feucht wurde. Die Ärztin stach ihr nun ins Gesäß und lachte dabei. Mayuko stieß kurze, glucksende Schreie aus. Die Ärztin fragte plötzlich *Warum haben Sie Ihre Arbeit aufgegeben?* Dann stach sie wieder in Mayukos weiches Fleisch, da, wo es keine Knochen gab, und sagte *Gestochen zu werden, macht genauso viel Spaß wie Geld zu stehlen, nicht wahr?* Mayuko entgegnete laut *Solche erfundenen Geschichten sind zu nichts nütze!* Dies hatte sie die letzte Kraft gekostet. Die Ärztin antwortete nichts und begann nun, in den Wunden, die sie ihr gestochen hatte, herumzubohren. Vielleicht war sie unzufrieden, weil die Wunden zu klein waren. Ihren Schmerz verbeißend sagte Mayuko *Ich tu es nicht mehr!* Sie hatte diesen Satz noch nie in ihrem Leben gesagt. Und sie wußte nicht, worauf sie sich bezog, als sie ihn sagte. Die Ärztin zog Mayukos Ohrläppchen fest nach hinten und sagte *Es macht sicher Spaß, so zu reden, nicht wahr! Die Leute erst anzulügen und es dann doch wieder zu tun! Und die Strafe, die man erhält, macht dann auch wieder Spaß!*

***

Mayuko schreckte aus ihrem Schlaf auf. Ihre Augenbinde hatte sich gelöst. Sie konnte das erschöpfte Gesicht der Ärztin sehen. Draußen war es schon dunkel. Genauso wie vor einigen Jahren, als sie nach einer Operation in einer Frauenklinik aus einer starken Narkose aufgewacht war. Auch damals hatte sie das Gefühl, daß der Arzt gealtert war, während sie geschlafen hatte. Aber ein genauerer Blick ergab, daß es gar nicht die Ärztin, sondern eine ältere Krankenschwester war. Auf Mayukos Frage, wo die Ärztin sei, antwortete sie geschäftsmäßig *Sie macht Hausbesuche* und half Mayuko unsanft aufzustehen. Als sie bemerkte, daß Mayuko sich unter der Wolldecke ausgezogen hatte, verzog sie ihr Gesicht. Sie packte Mayukos Arm und fragte *Warum haben Sie sich ausgezogen? Hätten Sie sich sonst unwohl gefühlt?* Mayuko sagte *Die Ärztin hat...*, dachte dann aber, daß alles vielleicht ja nur ein Traum gewesen war, und zog es vor zu schweigen. Die Krankenschwester starrte Mayuko an, als ob sie ihr mit der flachen Hand auf die Stirn schlagen wollte, wenn sie nur könnte. Sie sah Katsumi so ähnlich, daß Mayuko erschrak.

Vielleicht sollte ich Katsumi anrufen. Sie ist mir sicher böse. Freilich, wenn ich bei ihr anrufe, dann wird sie mich wieder beschwatzen, sie wird mir eine Arbeit vermitteln und einen Mann vorstellen wollen, und dann bin ich wieder unter ihrem Einfluß. Nein, ich werde sie nicht anrufen. Ich muß einsehen, daß ich sie nicht mehr treffen darf.

Mayuko dachte, daß sie mit einem geschwollenen Auge nicht zu Umewaka gehen sollte, aber sie wollte diese Nacht nicht alleine verbringen. Nur an Katsumi zu denken, nicht schlafen zu können und auf den nächsten Tag zu warten, das wäre unerträglich. Aber durfte sie Umewaka dieses Gesicht zeigen? Junge Männer finden angeschwollene und verformte Köperteile sehr eklig. Mayuko kaufte in einer Drogerie eine Augenbinde, verbarg damit das kranke Auge und ging in die Stadt.

Sie vertrieb sich die Zeit zunächst in einem Café, fuhr dann mit der U-Bahn bis Asakusa, überquerte den Sumida-Fluß und ging dort bis zum Abend spazieren. Mayuko fühlte sich erleichtert. Als sie durch die Gassen ging, hatte sie sogar das Gefühl, daß die Dämmerung von beiden Seiten ihre Arme stützte. Sie wollte jetzt nur an Orten sein, die nicht so hell waren. Sie könnte zwar den Weg zu dem Platz, wo Umewaka steht, niemandem erklären, aber irgendwie würde sie ihn finden. Sie mußte nur da, wo es krumme und gerade Straßen gab, in Richtung der krummen und da, wo es enge und breite Straßen gab, in Richtung der engen gehen. Sie nahm ihre Augenbinde ab, weil sie, solange sie nur mit einem Auge sehen konnte, in den engen Straßen an die Wände zu stoßen drohte. Würde Umewaka ihren Rücken mit seinen schlanken Fingern auch dann liebkosen, wenn sie mit einem geschwollenen Auge zu ihm käme? Vielleicht würden die Wunden, welche die Ärztin ihr zugefügt hatte, dadurch größer werden. Vielleicht würden sie aber auch heilen. Sie wollte nicht, daß sie heilten. Aber ein unerträgliches Gefühl trieb Mayuko, auf den Straßen nach etwas Weichem und Jungem zu suchen.

Mayuko sah eine glänzende, leere Aluminiumdose. Eine leere Bier- oder Saftdose vor einem kleinen Steinhaufen. Aus ihrem Inneren leuchtete es hellrot. Mayuko ging unwillkürlich näher, die Dose flammte einen Augenblick lang auf, in ihrem Licht verschwanden die Wände der Häuser rechts und links, und an ihrer Stelle tauchten sauber geschnittene, flirrende Reisfelder auf, Mayuko wunderte sich darüber, woher plötzlich diese Reisfelder kamen.... Aber da waren sie auch schon wieder in der Finsternis versunken. Nur die dunkle Gasse blieb übrig. Hinter einer Hecke sang eine kehlig klingende Stimme *hito no oya no kokoro wa yami ni aranedomo.* Mayuko zuckte zusammen. Es war die gleiche Stimme, die sie vor ein paar Tagen schon einmal gehört hatte. Mayuko murmelte *hito no oya wa yami ni aranedo* vor sich hin, konnte aber die Bedeutung nicht verstehen. Derweil sie darüber nachdachte, was hier wohl mit *yami,* der Finsternis, gemeint war, erinnerte sie sich an die Geschichte von Umewakas Mutter. Umewaka hatte gesagt, daß seine Mutter ihn töten wollte. Oder hatte er etwas ganz anderes erzählt? Es kam ihr so vor, als hätte sie eine gänzlich andere Geschichte gehört. Aber welche?

Daran konnte sie sich nicht mehr erinnern.

Plötzlich wurde schräg über ihr ein Fenster hell, dann öffnete es sich mit einem lauten Knarren. Ein alter Mann streckte sein Gesicht heraus. Im Gegenlicht konnte sie es nicht gut erkennen. Der alte Mann schien sie anzuschauen, sagte aber nichts. In ihrer Verlegenheit rief sie übertrieben laut *Wo bin ich hier?* Der alte Mann antwortete nicht. Mayuko fragte *Habe ich Sie nicht schon einmal gesehen?* Der alte Mann im Fenster rührte sich nicht und schwieg. Mayuko hatte Angst. Sie hatte Angst und rannte die Gasse entlang. Bis sie endlich das Schild mit der Aufschrift *Austernfischer* sah. Völlig außer Atem hockte sie sich auf den Boden. Umewaka kam herbeigelaufen und rief *Was ist passiert?* Mayuko war überrascht, daß der, über den sie gerade nachgedacht hatte, so plötzlich vor ihr stand. Er fragte noch einmal *Was ist denn los?* und blickte ihr in die Augen, Mayuko sagte *Der Faltenmann...* und klammerte sich an Umewaka, obwohl sie in diesem Augenblick schon keine Angst mehr vor dem Faltenmann hatte. Aber Umewaka erstarrte geradezu auf der Stelle, als er das Wort *Faltenmann* hörte. Mayuko umklammerte Umewaka und drückte ihm schnell zwanzigtausend Yen in die Hand. Als Umewaka die Geldscheine spürte, schreckte er auf und kam wieder zu sich.

Neuerdings lief Umewakas Geschäft nicht mehr gut. Er versuchte sich einzureden, daß das schlechte Wetter daran schuld sei, aber er wußte, daß er in Wirklichkeit selbst dafür verantwortlich war. Die Frauen, die Umewaka in die Augen schauten, schlugen verschämt den Blick nieder. Er wußte, daß er leere Blicke werfen und beim Gehen die Weichheit seines Körpers noch deutlicher betonen mußte, aber er konnte es nicht mehr. Seit er Mayuko getroffen hatte, war es noch schlimmer geworden. Wenn es so weiterginge, bliebe ihm nur noch übrig, seine Arbeit aufzugeben und wieder zu einem normalen Arbeitslosen zu werden, der auf seine Aufnahme an einer Universität wartet. Er hatte vor einigen Tagen angefangen, ernsthaft darüber nachzudenken, weil einer seiner Freunde beobachtet hatte, wie ihm eine Kundin weglief. Der Kollege hatte ihm verächtlich gesagt *Kein Wunder, denn so wie du dreinschaust, weiß man gar nicht, wer der Kunde ist.* Er hatte es sicher den anderen Kollegen weitererzählt. Und sicher redeten und lachten jetzt alle darüber und hatten ihren Spaß daran, ihre Dummheiten auszutauschen. *Man soll sich mit Damen mittleren Alters eben nicht abgeben... und wenn man selbst so dreinschaut, als suchte man nach einer Frau, rennen die Frauen natürlich vor einem weg... wenn man eine Frau will, dann ist es schon zu spät...* Diese Gedanken machten es Umewaka schon zur Qual, nur dazustehen und zu warten. *Soll ich einfach nicht mehr herkommen und lieber ganz offiziell mit Mayuko verkehren? Ich glaube, Mayuko verachtet mich nicht wegen meiner Blicke oder meiner Redeweise. Mayuko hat nichts von einem Examinator. Ich weiß nicht, was sie arbeitet, aber sie scheint ökonomische Spielräume zu haben. Wenn nicht, könnte sie nicht so gelassen 'Ich habe heute kein Geld dabei' sagen. Denn arme Leute haben meistens vergleichsweise viel Geld bei sich, und wenn sie keines dabei haben, sagen sie es nicht.*

Er glaubte, noch immer die Stimme seiner Mutter hören zu können, wie sie fragte *Warum triffst du dich mit einer älteren Frau?* Die Mutter war doch viel älter als Mayuko, warum sprach sie also so schlecht über sie? Sie war doch selbst eine Frau, warum war sie so dumm, nur bei Frauen das Alter für wichtig zu halten? Umewaka wurde schrecklich zornig, wenn er an seine Mutter dachte. Aber wenn er an seinen Vater dachte, wurde er noch zorniger. Sein Vater, der bei einer Versicherungsfirma arbeitete, redete, seit er seiner Rente näherrückte, nur noch vom Alter. Der Vater war fünfzehn Jahre älter als die Mutter. Wenn er von der Arbeit zurückkam, schaute er sich vom Sofa aus, in dem er geradezu zu versinken schien, Fernsehserien an. Er murmelte oft *Wenn sie nicht jung ist, dann ist es keine Frau. Dann ist ihre Haut unrein.* Umewaka dachte mit einer gewissen Bosheit *Er hat Angst vor dem Tag, an dem sein Körper verfällt, deswegen ekelt er sich vor alten, schwachen Frauen und beneidet Frauen, die auch im Alter noch gesund und aktiv sind. — Er ist dumm, weil er so erkennen muß daß er selbst auf eine häßliche Weise alt geworden ist.* Er wollte nicht wie sein Vater sein, und er wollte nicht auf dieselbe Weise wie sein Vater alt werden. Er wollte ganz anders leben. Was würde der Vater sagen, wenn er wüßte, daß sein Sohn seine Arbeit gerne tut? Dieser Vater, der mit einem vergnügten Lachen oft festzustellen pflegte *Du bist genauso ein Playboy wie ich in meiner Jugend, du gehst bestimmt jeden Abend in die Disco und machst dich an die Mädchen ran.* Was würde er sagen? Würde er wütend werden? Würde er gewalttätig werden? Sollte Umewaka ihm unverblümt sagen, daß er nicht jeden Abend in die Disco ginge, sondern seinen Körper für Geld an viel ältere Frauen verkaufte? Das wäre doch spaßig. Was würde der Vater sagen? Die Überlegungen erfüllten den Sohn mit einem Gemisch aus gemeinem Behagen und Angst. Er wurde unruhig. Es wäre doch schade, wenn er seine Arbeit aufgeben würde, bevor er seinen Eltern einmal von ihr erzählt hätte!

Umewaka erinnerte sich an diesem Abend seltsamerweise immer wieder an seine Zeit in der Mittelschule. Zum Beispiel erinnerte er sich genau daran, wie er mit Freunden im Zimmer saß, in Motorradzeitschriften blätterte und dabei über Zukunftsträume sprach. Mayuko war natürlich ganz anders als diese Freunde. Und mit ihr hatte er sich noch keine Fotos von Motorrädern angeschaut. Umewakas Brust wurde heiß. Obwohl Mayuko traurige Augen hatte, schien sie doch zufrieden zu sein. Aber vielleicht war ihr

Blick ja nur wegen der Schwellung so sonderbar.

Als Umewaka an ihrem Rücken saugte, sagte Mayuko leise und etwas zögernd *Es klingt vielleicht seltsam, aber ich möchte dich heute nur am Rücken spüren, zu etwas anderem habe ich nämlich keine Lust. Der Rücken ist das Wichtigste, alles andere laß aus!* Sie schien die Wahrheit zu sagen. Umewaka fühlte sich beleidigt, aber da Mayuko es so wollte, mußte es so sein. Wenn es ihr gut tut. Er wußte nämlich aus Erfahrung, daß man nicht zu einem Narzißten werden durfte. Für Stärke, Mut, Härte, Schwung und Ausdauer, für das also, worauf die Männer sich etwas einbilden, zeigen die Frauen sich nur aus Höflichkeit interessiert, in Wirklichkeit aber scheinen sie etwas ganz anderes zu lieben, das Unerwartete, das fast Bedeutungslose. Das hatte er immer feststellen müssen, auch wenn er versuchte, sich nicht darum zu kümmern. Umewaka wollte laut auflachen, als ihm in den Sinn kam, daß Mayuko vielleicht nur deshalb zu ihm kam, weil sie die Art, wie er an ihrem Rücken saugte, erregend fand. Aber selbst das war ja in Ordnung. Solange es sie erregte, war es ja gut. Umewaka tröstete sich mit dem Gedanken, daß es nicht eine Gabe der Jugend sei, über die ein jeder eine Zeitlang verfügte, sondern eine Technik, die er sich erworben hatte. Mayuko sagte plötzlich *Ich habe Wunden am Rücken, nicht wahr?* Umewaka gab eine undeutliche Antwort. Es sah so aus, als wären viele kleine schorfige Flecken auf ihrem Rücken verteilt, keine Wunden, eher Sommersprossen. Er konnte nicht verstehen, warum Mayuko dieses drastische Wort *Wunden* benutzte. *Bitte sauge an den Wunden entlang* bat Mayuko leise. Da Umewaka zögerte, sagte sie ein wenig drängender *Los, schnell!*

Mayuko hatte sich nicht vor einem Spiegel vergewissert, ob sie auf ihrem Rücken wirklich Wunden hatte. Sie hatte nur gefühlt, daß da etwas war. Etwas wie ein unterbrochener Riß. An dessen Rändern Umewakas feuchte Zunge jetzt entlangglitt. Der Riß wurde breiter und schmerzte. Sie wurde aggressiv. Sie wollte zu Umewaka, der ahnungslos und folgsam ihren Rücken leckte, grausam sein. Sie legte die Hände auf ihr Gesicht und fing mit einer matten Stimme zu reden an. *Ich habe in der Firma, in der ich früher angestellt war, Geld gestohlen und bin deshalb nicht mehr zur Arbeit gegangen. Von da an habe ich immer in der Angst gelebt, festgenommen zu werden. Aber noch hat mir keiner irgend etwas gesagt. Das ist seltsam, denn sie müssen es doch wissen! Sie führen sicher etwas im Schilde. Sogar meine Freundin, die sich immer um mich gesorgt und mir sogar diese Firma empfohlen hat, ruft mich nicht mehr an. Katsumi ist sicher sehr böse auf mich und haßt mich jetzt. Oder sie ist traurig, weil sie mir doch so viel Gutes getan hat. Oder sie hat mich vielleicht völlig vergessen. Jedenfalls hat sie mich im Stich gelassen.*

Umewaka hatte das Gefühl, seine Poren würden sich

vor Erregung schließen. Seit seiner Geburt war er noch nie in eine so bedeutende Angelegenheit verwickelt gewesen. Bei dem Gedanken, der Geliebte einer Verbrecherin zu sein, wuchs seine Begeisterung noch. Er fragte *Warum fliehst du nicht?* Mayuko sagte verlegen *Es würde mich ja niemand verfolgen!* Damit hatte sie natürlich recht. Umewaka fragte *Und wenn du fragen würdest?* Und Mayuko fragte zornig zurück *Wen soll ich was fragen?* Jetzt sagte Umewaka mit der Dreistigkeit eines Erwachsenen *Was gedenkst du also zu tun? Irgend etwas mußt du doch tun. So findest du doch keine neue Arbeit, und was soll dann aus dir werden?* Er wußte zwar nicht einmal, was aus ihm selbst werden sollte, vernachlässigte er doch sogar seine Examensvorbereitungen. Aber bei der Vorstellung, Mayuko zu helfen, konnte er eine gewisse Erregung nicht unterdrücken, ein Gefühl, als würde er mit eigener Kraft auf einen Fluß hinausrudern.

Plötzlich sagte Mayuko *Ich weiß jetzt übrigens, wo ich den runzligen alten Mann schon einmal gesehen hatte!* Umewaka wandte sich ärgerlich ab. *Ich habe das Gesicht im Traum gesehen, ich hatte gedacht, es sei das Gesicht der Stadt Tokio, aber es war das Gesicht dieses alten Mannes.* Von ihren eigenen Gedanken weggetragen hörte Mayuko nicht auf zu erzählen. Umewaka unterbrach sie gereizt. *Du wolltest unbedingt mit der Stadt reden. Vielleicht ist die Stadt daher zu einem Menschen geworden. Du solltest aber mit dem Menschen Katsumi und nicht mit der Stadt reden. Mit Katsumi solltest du reden!* Mayuko neigte den Kopf und antwortete mit einer matten Stimme *Aber wenn ich mit Katsumi rede, dann wird alles wieder so, wie es war. Dann muß ich in einer Firma arbeiten, in der ich nicht arbeiten will, dann muß ich mit Menschen verkehren, mit denen ich nicht verkehren will, und auch dich kann ich dann nicht mehr treffen. Umewaka sagte zitternd, wenn das so ist, dann treffe ich mich zuerst mit Katsumi und rede mit ihr.*

***

Mayuko ging durch eine große Menschenmenge. War sie in der Gegend von Shinjuku? Als die Ampel grün wurde, bewegten sich die Köpfe rechts und links, die wie Perücken aussahen, weiter. Sie waren hart und trocken und rochen wie Desinfektionsmittel. Sie wollte ihre Finger zwischen diese Haare stecken, aber sie würden sie wohl wie Wände nicht einlassen. Unter diesen Haaren gab es Backen, aber sie waren wie Zelluloid, hatten keine Falten und glänzten abweisend. Die Haut des Menschen ist ein unfreundlich Ding. Die Münder in den Gesichtern waren alle geschlossen, nur die buntschillernden Preisschildchen, die zwischen den Menschengesichtern zu sehen waren, schienen mit Mayuko sprechen zu wollen. Sie hatte Geld genug. Hatte aber keine Lust, irgend etwas zu kaufen. Sie erinnerte sich, schon seit Wochen nichts mehr gekauft zu haben. Außer Umewaka. Mayuko drängte sich durch die Menge und betrat einen Photoladen. Unter lauter jungen männlichen Angestellten stand an der linken Ecke der Theke eine einzige Frau mittleren Alters. Sie blätterte in einem englischen Kamerakatalog und warf hin und wieder mürrische Blicke auf die Kunden, sonst tat sie nichts. Wenn ein Kunde zu ihr kam, verwies sie ihn mit einer kleinen Kopfbewegung und ihrem Zeigefinger an einen der jungen Männer. Mayuko hatte das Gefühl, als würde es ihr die Brust zuschnüren. Die Frau hatte grellrote, dick mit Lippenstift bemalte Lippen. Sie ähnelte Katsumi.

Mayuko ging zu ihr hin und sagte *Ich möchte mir diese Kamera einmal anschauen!* und zeigte dabei auf eine ziemlich altmodische Kamera, die in einem Glaskasten hinter der Frau stand. Die Frau tat erst so, als hätte sie nichts gehört, öffnete dann aber, da Mayuko hartnäckig wartete, langsam den Glaskasten und gab Mayuko widerwillig die kleine, teure, im Ausland hergestellte Kamera.

Mayuko starrte die Kamera fasziniert an. Dann streichelte sie ihre Oberfläche, die sich wie die zusammengeschrumpfte Haut eines Greises anfühlte. Wahrscheinlich Kalbsleder. Sie war klein, aber verhältnismäßig schwer. Jedoch nicht überall gleich schwer. Rechts wog sie schwerer. Sie kostete mehr als fünfhunderttausend Yen. Obwohl sie eigentlich eher schäbig wirkte. Mayuko steckte die Kamera in ihre Tasche, aber so, daß nur die Angestellte es sehen konnte, und wandte sich dem Ausgang zu. Die Frau verdrehte ihre Pupillen und sprang hinter der Theke hervor, vor dem Laden holte sie Mayuko ein und packte sie am Arm. *He!* Ihre scharfe Stimme stach wie ein Vogelschnabel in Mayukos Hinterkopf. Die anderen Kunden schauten sich alle nach ihr um. Als Mayuko nun ihrerseits den Arm der Frau packte, bog sie sich erschreckt zurück. Mayuko drängte sich an sie und flüsterte ihr grinsend ins Ohr *Bestrafen Sie mich! Bitte, bestrafen Sie mich!* Sie zog die Kamera halb aus ihrer Tasche, zeigte sie der Frau und sagte lächelnd *Bitte!* Die Frau riß ihr die Kamera aus der Hand und rannte schnell weg. Sie floh vor Mayuko, als wäre sie von ihr bei einer schändlichen Tat beobachtet worden.

***

Zur gleichen Zeit verließ Umewaka ein Café in der Nähe und lief, als wäre er auf der Flucht, zu einem U-Bahnhof. Die Stadt schien ihn, einmal näher, einmal ferner, zu begleiten, die Menschen waren jedoch alle aus seinem Bewußtsein verschwunden. Umewaka hatte im Café mit Katsumi gesprochen. Es war die gewagteste Unternehmung seines Lebens gewesen. Gewagte Späße hatte er sich freilich schon erlaubt, aber ernsthaft war er bisher nur in kleinen Dingen gewesen. Katsumi hatte ein viereckiges Gesicht und kurze Haare. Sie trug ein bleifarbenes Kostüm mit einer widerwärtig glatten Oberfläche. Als Umewaka ihr sagte, daß er mit ihr über Mayuko sprechen wolle, sagte sie ohne ein Zeichen von Anspannung *Ich habe Mayuko nicht mehr gesehen, seit sie vor ein paar Wochen, sie sagte, wegen eines großen Lottogewinns, ihre Arbeit aufgegeben hat, aber wenn es irgendwelche Probleme gibt, dann soll sie mir es sagen, ich werde dann tun, was in meinen Kräften steht. Ich möchte ihr ja mit meiner Fürsorge nicht mehr zur Last fallen, aber ich fühle mich eben verantwortlich für sie.*

Als Umewaka mit stockendem Atem sagte *Dann hat sie in ihrer Firma also gar kein Geld gestohlen?* riß Katsumi für einen Moment Augen, Nase und Mund weit auf, kniff dann nur die Augen wieder streng zusammen und blickte wie ein Examinator. Als wollte sie herausfinden, ob mit Umewakas Kopf etwas nicht in Ordnung wäre. Oder ob er irgendwelche bösen Pläne hegte. Als könnte er nicht recht begreifen, fragte Umewaka noch einmal nach *Im Lotto gewonnen? Im Lotto?* Dann fügte er, als wollte er sich selbst beruhigen, hinzu *Dann ist es ja gut!* Und als wollte er seinen Kopf, in dem sich das Blut gestaut hatte, kühlen, trank Umewaka in einem Zug ein Glas Wasser aus. Die Hitze zog sich aus seinem Kopf zurück. Aber dafür wurde jetzt seine Brust heiß. Er krallte seine Finger in die Rückenlehne seines Stuhls und schaute sich, als wollte er seine Gedanken ordnen, die Fotos an den Wänden an. Bilder von Viehweiden. Bilder von Filmschauspielern. Er erinnerte sich nicht daran, wie er sich danach von Katsumi verabschiedet hatte.

Erst zuhause war er wieder Herr seiner Gedanken. Er setzte sich wie immer an seinen kleinen Schreibtisch. Vielleicht schien ihm seine Stirn so schwer, weil er seinen Oberkörper zu weit vorgebeugt hatte. Aber er konnte sich nicht aufrecht hinsetzen. Zuerst wiederholte er sich immer wieder die Frage, warum er so dumm sei und sich so leicht täuschen ließe? Weil er hoffte, daß sie sich auf diese Weise lösen würde, ohne daß er darüber nachzudenken brauchte. Aber er stolperte über das Wort *täuschen*. Was wollte Mayuko mit ihrer Lüge erreichen? Aber hatte Mayuko denn überhaupt gelogen? Vielleicht hatte ja Katsumi gelogen. Vielleicht erzählte sie die Geschichte vom Lottogewinn nur, um Mayuko zu decken. Vielleicht hatte Mayuko Katsumi angelogen, als sie ihr von einem Lottogewinn erzählte, ihm aber die Wahrheit erzählt. Aber dann hätte sie ihm sicher alles erzählt. Oder wußte Mayuko selbst nicht mehr, wie es in Wirklichkeit gewesen war. Aber Mayuko war ganz gelassen gewesen. Und ihre Geschichte hatte überzeugend geklungen. Und doch, wahrscheinlich hat sie mit Berechnung gelogen. Um ihn zu täuschen, ihn, der nicht einmal wußte, welches Ziel sie mit ihrer Berechnung verfolgte.

In diesem Augenblick ging die Tür seines Zimmers auf und Umewakas Mutter brachte auf einem Tablett Kaffee herein. Umewaka sagte schnell *Bitte klopfe an, bevor du in mein Zimmer kommst!* Die Mutter entschuldigte sich ganz unbefangen *Ich hatte keine Hand frei.* Umewaka murmelte monoton *Ich hatte dir doch gesagt, daß ich keinen Kaffee trinke.* Die Mutter sagte, ohne ihren Gesichtsausdruck zu verändern *Dann bringe ich dir einen Tee!* und ging zur Tür. Um-ewaka rief ihr nach *Ich trinke auch keinen Tee!* Die Mutter blieb stehen, fragte *Ja, was willst du denn trinken? Sag's mir, damit ich es weiß!* und wartete auf eine Antwort. Umewaka entgegnete scharf *Kümmere dich nicht um das Essen und Trinken anderer Leute! Und laß mich in Ruhe!* Die Mutter blieb ungerührt und ohne ein Zeichen von Zorn abwartend stehen. Umewaka wußte nicht, was sie dachte. Wahrscheinlich log die Mutter auch. Wie Mayuko. Sonst würde sie sich nicht so verhalten.

Die Mutter sagte sanft *Du scheinst sehr aufgeregt zu sein, beruhige dich erst einmal und finde deinen Rhythmus wieder.* Umewaka ergriff eine Kaffeetasse und wollte sie an die Wand werfen, verzichtete dann aber darauf. Als die Mutter das Zimmer verließ, preßte er sein Gesicht auf die schmutzige Tischplatte und weinte.

***

Mayuko ging auch danach hin und wieder gleichgültig an der Bar *Austernfischer* vorbei, aber Umewaka hat sie nicht mehr wiedergesehen. Sie trank im *Café Sumida* Kaffee, und es kam vor, daß sie es bedauerte, nicht nach Umewakas eigentlichem Namen und Adresse gefragt zu haben. An dem Tisch, an dem einmal der Faltenmann gesessen hatte, saß niemals jemand. Das Café war immer leer. Die Frau mit dem Eulengesicht sagte nicht viel und hatte sich Mayuko auch noch nie genau angeschaut. Vielleicht war auch Umewaka ein Geist, der aus den Falten dieser Gegend aufgetaucht war. Wenn man Geister reinen Herzens bei ihrem Namen ruft, erscheinen sie, verschwinden aber bald wieder. Mayuko versuchte, sich mit diesem Gedanken zu trösten und sich mit der Geschichte abzufinden. Aber vielleicht paßt das Wort *abfinden* hier nicht. Denn Mayuko hatte gar nicht mehr die Absicht, wegen Umewaka noch etwas zu unternehmen. Sie entschloß sich, nicht mehr hierherzukommen, und sagte eines Tages zu der Frau im Café *Ich danke Ihnen, daß sie sich so lange um mich bemüht haben.* Die Frau antwortete nur *Bitte!* in einem Ton, der ausdrückte, daß sie zwar nicht verstand, worum es ging, es aber auch nicht wissen wollte. Mayuko sagte zu sich selbst *Das wär's!* Nur die Tatsache, daß sie jetzt keinen Grund mehr hatte, den Sumida-Fluß zu überqueren, fand sie bedauerlich.

Foto: Isolde Ohlbaum

Zur Autorin:
Geboren 1960 in Tokyo. Studium der Literaturwissenschaft in Japan. Seit 1982 lebt sie in Hamburg, studierte dort Germanistik. Erste literarische Veröffentlichungen 1986 in „Japan-Lesebuch". Erste Buchveröffentlichung in Deutschland 1987, in Japan 1992. Sie schreibt in deutscher und japanischer Sprache. 1990 erhielt sie den Förderpreis für Literatur der Stadt Hamburg, 1991 den Literaturpreis „Gunzo-Shinjin-Bungaku-Sho", Japan, 1993 den Literaturpreis „Akutagawa-Sho", Japan, 1994 den Lessingförderpreis der Stadt Hamburg, 1996 den Chamisso-Preis.

Bücher von Yoko Tawada
Alle auf Japanisch geschriebenen Texte wurden von Peter Pörtner ins Deutsche übertragen.

Nur da wo du bist da ist nichts
Erzählung & Gedichte, Originalsprache Japanisch, zweisprachig gedruckt, mit einer Schablone, um Gedichte zu variieren, und farbigen Zwischenblättern, 1987, 3. Auflage 1996, DM 25,—
Der Anfang des Gedichts "Die Flucht des Monds":
Ich sang in der Toilette
da kam der Mond
herangerollt
Der Prosatext "Bilderrätsel ohne Bilder" handelt von einer Bücherliebhaberin, die ein Puppentheater besucht. Sie verwickelt sich in seltsame, auch erotische Begegnungen mit Büchern, Puppen und mit K., mit Marianne, mit Eva. "Sozusagen im Kopfstand, nimmt sie mindestens 120 Dinge gleichzeitig wahr." *(Die Welt)*

Das Bad

Kurzer Roman, Originalsprache Japanisch, 1989, 3. Auflage 1996, DM 19,80

"Bist Du es", fragte die Stimme eines Mannes, die ich noch nie gehört hatte. Ich dachte kurz nach und antwortete: "Nein". "Wenn nicht du es bist, wer bist du dann?" Stumm legte ich den Hörer wieder auf. Mit der Spitze der großen Zehe meines rechtes Fußes voran stieg ich langsam in das heiße Wasser..."

Eine Frau sitzt vor dem Spiegel und vergleicht ihr Bild mit einem Porträtfoto, eventuelle Differenzen werden durch Schminke korrigiert. Sie entdeckt Schuppen auf ihrer Haut, steigt ins Bad, gelangt als Schuppenfrau durch verschiedene traumartige und alltägliche Sequenzen - als Dolmetscherin, als Fotomodell. Dabei verliert sie ihre Zunge und wird durchsichtig.

"Diese Suche nach der Identität des Weiblichen wird durch die Ausstattung des Buches vervollkommnet: auf jeder Seite zeigt sich schemenhaft ein weiblicher Akt hinter der Schrift" *(Stuttgarter Zeitung)*

"Das Bad ist eine ausgereifte spannende Erzählung, die auch den psychischen Schlauch des Lesers entmantelt." *(TAZ)*

Wo Europa anfängt

Erzählungen & Gedichte, Originalsprache des Textes "Wo Europa anfängt" Deutsch, der Gedichte und des Textes "Das Leipzig des Lichts und der Gelatine" Japanisch, Gedichte zweisprachig gedruckt, mit Bildern auf Transparentseiten, 1991, 2. Auflage 1995, DM 19,80

"Reisen hieß für meine Großmutter, fremdes Wasser zu trinken. Andere Orte, anderes Wasser..."

Texte, die sich um das Thema des Reisens und um die Verwandlung entlang der Ost-West-Achse ranken...

"Eine Transitreise, die aus der magisch-animistischen Vorzeit in die Zukunft geführt hat, aus der Heimat in die Fremde, aus der Kindheit in das erwachsene Leben, aus dem ererbten politischen Traum in die Realität. Unterwegs ist ein altes Ich regelrecht zerbrochen. Aber das ist in der Welt Yoko Tawadas ein Augenblick des Lebens." *(Sibylle Cramer, Süddeutsche Zeitung)*

"...ihre Kunst, Bedeutungsgewichte leicht unterzubringen, im feinen Zwielicht von kahler Alltagsrede, Liebeslied und Märchenton..." *(Basler Zeitung)*

Ein Gast

Kurzer Roman, Originalsprache Deutsch, mit Bildern, 1993, 2. Auflage 1995, DM 19,80

"An einem Nachmittag im Winter - ich hatte Mittelohrentzündung - ging ich durch einen Fußgängertunnel..."

Eine Frau wandert über einen Flohmarkt, kauft ein Buch, das sich als Literaturkassette entpuppt. Eine weibliche Stimme liest einen langweiligen Roman vor. Die Frau schaltet den Kassettenrekorder aus. Die Stimme redet immer weiter ... Ein Nachbar, ein Psychologe, Schwestern spielen eine Rolle, Alltag, der immer absurder wird und doch ganz nah am weiblichen Leben bleibt...

"Yoko Tawada ist mit ihrer ebenso abgründigen wie leichtfüßigen, fein verästelt aufgebauten, symbolisch aber nie überladenen kleinen Erzählung ein literarisch faszinierender Schritt auf den Kontinent neuer Wahrnehmungs-, Fühl- und Denkweisen gelungen." *(WoZ, Zürich)*

Die Kranichmaske, die bei Nacht strahlt

Theaterstück, Originalsprache Deutsch, 1993, Neufassung 1995, DM 12,—

Um eine Tote versammeln sich Verwandte und Bekannte. Bizarre Phantasmen, Wünsche, Projektionen, unerfüllte Hoffnungen und geheime Rachsüchte kommen zum Vorschein. Alles zerfällt und verwandelt sich, eine Tauchfahrt in die Unterwelt.

"Grandioses poetisch vielfältiges Stück - und komisch." *(taz)*

Talisman

Prosatexte, Originalsprache Deutsch, 1996, DM 19,80

"Das Interessante liegt im Zwischen" sagte Yoko Tawada in einem Interview. Zwischen den Worten, zwischen den Menschen, zwischen den Kulturen.

Literarische Essays über Zwischenzustände und Verwandlungen. Kleine detailgenaue Beobachtungen aus dem europäischen Alltag, von Frauen und Ohrringen, Bleistiften, Bürogegenständen, Holz und anderem... "Wie eine Ethnologin betritt sie ein fremdes Land" *(FAZ)* und sieht alles mit absichtlich naiven Augen, als hätte sie noch nie etwas von diesem Land und seinen Gebräuchen gehört.

Inhalt:

Von der Muttersprache zur Sprachmutter - Erzähler ohne Seelen - Ein deutsches Rätsel - Das Fremde aus der Dose - "Eigentlich darf man es niemandem sagen, aber Europa gibt es nicht" - Talisman - Lektüre in einer S-Bahn - Die Mineralogie der Liebe - Notizen auf den Lofoten - Im Bauch des Berges - Sieben Geschichten der sieben Mütter - Sonntag - der Tag der Ruhe, der Tag der Kühe - Der Klang der Geister - Das Tor des Übersetzers oder Celan liest Japanisch - Über das Holz

Buch im Buch: Das Wörterbuchdorf. Japanisch-Deutsch, aus dem Japanischen von Peter Pörtner

"...einfache Sätze, die zunächst staunend, über scheinbar Selbstverständliches sprechen. Und wir folgen dem harmlos wie einem vergnügten Kind, das auf dem Eis Kurven fährt, um uns dann beiläufig zu zeigen, daß die Spuren der Schlittschuhkurven das Wasserzeichen eines imaginären Textes sind... Für manche Leser könnte Talisman ein Lieblingsbuch werden." (Angelika Overath, NZZ, 20. 6. 96)

Zu den Texten dieses Buchs

Fersenlos
Originaltitel: KAKATO O NAKUSHITE
Erstveröffentlichung in: GUNZO 1991/6
Übersetzungsvorlage:
SANNINKANKEI, KODANSHA, Tokyo 1992

Der Hundebräutigam
Originaltitel: INUMUKOIRI
Erstveröffentlichung in: GUNZO 1992/12
Übersetzungsvorlage: INUMUKOIRI, KODANSHA, Tokyo 1993

Der Faltenmann vom Sumida-Fluß
Originaltitel: SUMIDAGAWA NO SHIWAOTOKO
Erstveröffentlichung in: BUNGAKUKAI, 1994/1
Übersetzungsvorlage: ebd.

Berichte aus der unheimlichen Welt der Begegnungen der Geschlechter, mit der Natur und zwischen den Kulturen...

In der Geschichte **"Fersenlos"** reist eine Frau in eine fremde Stadt. Sie lebt in einem Haus und findet ihren Mann nicht, nur Spuren eines seltsamen Wesens...

"Hundebräutigam" ist eine anspielungsreiche Liebesgeschichte, für die Yoko Tawada den angesehensten japanischen Literaturpreis erhielt. Eine Lehrerin verliebt sich in einen Tier-Mann...

"In diesen Stadtteil geht man nicht", heißt es in der Geschichte **"Der Faltenmann vom Sumida-Fluß".** Dennoch kann sich die Frau nicht zurückhalten, die Brücke zu überqueren. Enge Gassen, der Stadtteil ein Gesicht voller Falten, die Frau verirrt sich, Männer stehen an den Straßen...

"Yoko Tawada beschreibt die Welt so, wie sie aussähe, könnte man gleichzeitig träumen und hellwach sein... Tawadas Geschichten sind auch imaginäre Reisen in eine andere erotische Welt... Anleitung für das Eintauchen in den Sprachstrom, in dem das Unerwartete Bedeutung gewinnt und Bedeutung sich verflüssigt, bietet das schön aufgemachte Buch bereits optisch: Der Text gleitet die Seiten hoch und runter, reist man lesend als Tintenfisch, kommt einem das Erzählte ganz natürlich vor..." (taz)

Impressum:

2. neubearbeitete Auflage 1996
PF 1621-72006 Tübingen - Tel 07071/66551 - Fax 63539
Gesamtherstellung: Typo-Druck-Roßdorf GmbH
Titelgestaltung: Andreas Maier, Darmstadt
ISBN 3 88769-082-6